MIAGERUNIHA
CHIKASUGIRU,
HANARETE
KURENAI
TAKASESAN

2

見上げるには近すぎる、離れてくれない高瀬さん

神田暁一郎
Kanda Gyouichiro
イラスト
たけの このよう。
takenokonoyou

高瀬菜央《たかせなお》
中学2年、身長は172センチ。
水希への距離感がやたらと近い
クラスの人気者。
所属する吹奏楽部ではチューバ担当。
「えへへ、よろしく」
「……おう」
下野水希《しものみずき》
中学2年、身長は152センチ。
低身長にコンプレックスを抱いている。
新しくサッカー部に加入した。

「い、いらっしゃい！」
姿を見せた高瀬の服装は、
Tシャツ一枚にハーフパンツというラフなもの。
どうやら例のパーカーは諦めたようだ。
本人にしてみれば「かわいくない」らしいが、
普段お目にかかれないレアな家着姿に、
水希はついつい目を奪われてしまう。

「下野君じゃん！　どしたの？」
今朝丸綾香《けさまるあやか》
水希のクラスメイト。
サッカーひと筋のサッカー
少女。テンションが高く、
誰とでもすぐに仲良くなれる。

「……なに？　わたしだって
スカートぐらいはきますけど」
BE
魚見真琴《うおみまこと》
今朝丸と同じサッカークラブに通う
女子。中学三年生。
性格は少しキツめだが、女の子っぽい
一面もあり……

それでも水希は。
それでもこの会場で、水希だけは。
そんな高瀬の姿に、一切の掛け値なく、見惚れてしまっていた。
――やっぱり……。
全部が輝いているように見える。
演奏に集中しきった、底抜けに真剣な眼差しも。
衆目に怯むことなく、ぴんと伸ばされた背筋も。
汗にまみれて額に張りつく、乱れた前髪でさえ。
――やっぱり、おれは……。

CONTENTS

MIAGERUNIHA CHIKASUGIRU,
HANARETE KURENAI
TAKASESAN

見上げるには近すぎる、離れてくれない高瀬さん2

神田暁一郎

GA文庫

カバー・口絵　本文イラスト
たけの　このよう。

プロローグ

嫌な思い出ほど簡単には忘れられないものだけど、良い思い出だって同じくらい簡単には忘れられない。

だったら、嫌な思い出と良い思い出が、一緒くたに記憶されていた場合はどうだろう？

きっと、ううん、絶対に、一生忘れられないと思う。

そういう思い出が、わたしにはある。


「げ～！　デカ瀬とペアかよ、最悪じゃん！」


それは小学三年生のときの、体育の時間。

馬跳びで組むことになった、ちょっと意地悪な男子が、わたしとのペアに不満の声を上げた。


「とべねーよ、こんなの！」

その男の子は、実際飛べるかどうかよりも、わたしをからかって笑いものにするのが目的だったんだと思う。

クラスで一番背が高くて、その割には引っ込み思案で大人しい性格だった当時のわたしは、イタズラ盛りの男子にとっては格好の標的で、たびたびこうしてからかいの標的にされていた。

「むりむり！　だれか代われって！」

男の子の大げさな振る舞いに、周囲の男子たちは大笑い。

先生や女の子たちが注意をしてくれても、なかなか騒ぎは収まってくれない。

そうして恥ずかしさに耐えきれなくなったわたしの目に、いよいよ涙が浮かんできた——

その瞬間。

屈《かが》んでいたわたしの背中を、なにかがグッと押したかと思うと、うつむく視界のなかで影がすばやく横切った。

誰《だれ》かが飛び越したんだ。

そう気づいた瞬間、わたしはとっさに顔を上げて、その誰かの姿を確かめていた。

「これぐらいもとべないのかよ。だっせーの」

そう言って不敵な笑みを浮かべる顔は、いまでも忘れられないくらい印象に残っている。

わたしを飛び越したのは、唯一からかいの輪に加わっていなかった、クラスメイトの男子だった。


「はぁ⁉　よゆうでとべるし！」

「じゃあとんでみろよ」

「いいぜ！　みてろよ！」


その子が取ってくれた行動のおかげで、騒ぎはようやく収まってくれた。

男の子の行動に、わたしを助ける意図があったかどうかはわからない。

でも結果的にわたしが助けられたのは事実で――この一件以降、わたしがその子の姿を自然と目で追うようになっていったのも、これまたまぎれもない事実だった。


――これがわたしの、忘れられない思い出。

何度読み返しても栞《しおり》を挟んでおきたくなる、お気に入りの本の大切な一ページみたいな。

いつまでたっても色褪《あ》せない、そんな、初恋の思い出。

第1話　ギュッってして

広げた手の平に、同じように広げられた相手のそれが、鏡に映したみたいにぴったりと合わさってくる。

「手、大《お》っきいね」

握手と大差ない単純な接触。

そのはずなのに、すべすべした肌の感触や、ダイレクトに伝わってくる人肌のぬくもりが、平常心でいることを許してくれない。

そのままうっとりしていると――不意に指を絡《から》まされて、水希《みずき》は思わずビクッと身を引いた。

「……いや？」

拒絶と受け取られてしまったのか、相手の瞳《ひとみ》に不安の色がよぎる。

水希は顔を伏せながら、小さな声で否定した。

「……いやじゃ、ないけど……」

「自分より背の高い女の子は、きらい？」

「…………」

なんて意地悪な質問だろうと、水希は思った。

眉《まゆ》を下げた不安げな顔と一緒に、こんなことを言われてしまえば、好き嫌い以前に拒否なんてできるわけがない。

「……そんなこと、ない」

「ほんと？」

「……うん」

「うれしい」

言葉とは裏腹に、絡んでいた指が解かれてしまう。

どうして、と残念がる水希だったが――相手が次に発した一言を耳にした瞬間、その気持ちは動揺に上書きされてしまった。

「じゃあ、ギュッてして」

「え？」

「ちゃんと、女の子扱いして」

「なっ……」

両手を広げて抱擁を求めてくる姿は、あくまで真剣そのもの。

自分を受け入れてほしいという気持ちを、真《ま》っ直《す》ぐな眼差《まなざ》しがひたむきに伝えてくる。

しかし一方で、艶《なま》めかしく色づいた唇が同じ顔の上でその存在を強く主張しており、水希は激しく心を惑わせてしまう。

やっかいなのはそれだけじゃない。

赤々と紅潮する頬《ほお》に、ブラウスの首元からのぞく真っ白な肌。

あどけなさを残す容貌と、女性らしく成熟した体つき。

一見アンバランスなのに、不思議と調和の取れたそのビジュアルは、どこか背徳的な魅力を帯びて、水希の男心をこれでもかとくすぐってくる。

「……っ」

たまらずごくりと、生唾を飲み込む。

常日頃、背の高さばかりが注目される彼女だが、そういう色眼鏡《いろめがね》を抜きに見てみれば、どうしてどうして、ただシンプルに魅力的な女の子ではないか。

「やっぱりいや?」

不安に揺れる声が、水希に選択を急がせる。

「…………」

普段の水希なら、どれだけ心を惹《ひ》かれていても、照れが先行して二の足を踏んでいたはずだ。

しかしこの瞬間だけは、水希は自分でも不思議に思うくらい、積極的に行動を起こすことができた。

「……わかった」

た。

頷《うなず》くと、相手の両脇《わき》にそれぞれ手を差し入れる。

そのまま背中まで腕を回し、そっと抱き寄せると、体が密着するすんでのところで寸止めした。

「こ、これでいいか……?」

加減がわからず、恐る恐る具合を確かめる。

それに対する相手の返答は——残念ながらノーだった。

こうするんだよと、手本を見せるみたいに、今度は向こうのほうから抱き寄せてくる。

「っ——」

頭ひとつ分ある身長差から、どうしても相手の胸元《むなもと》に顔が埋《うず》もれてしまう。

男女逆転の構図に屈辱を覚える一方で、その包容力は抗しがたく、水希はただただ身を委《ゆだ》ねることしかできない。

——これは、不可抗力だ。

心中でもらした呟《つぶや》きは、自分でもわかり切った言い訳だった。

恍惚《こうこつ》とした気分に酔いながら、そっと目蓋を下ろす。

そして抱き寄せられるまま、より深く顔を——

——埋めようとした瞬間、狙《ねら》ったようなタイミングで目覚まし時計のアラームが鳴り響き、水希は自室のベッドの上で目を覚ました。

「………」

がなり立てる時計を無意識の平手打ちで黙らせると、ぼうっとした頭を慣らすように、いまさっきまで見ていた夢の内容を反芻《はんすう》する。


——手、大っきいね。

——自分より背の高い女の子は、きらい？

——じゃあ、ギュッってして。


「………」

少し振り返るだけでも、顔が瞬く間に羞恥の熱を帯びてしまう。

なんとまぁ、中学生男子らしい、欲望丸出しのいやらしい夢なんだろう。

直接的な行為に及んでいないあたり、まだ言い訳の余地もあるだろうが……あのまま続きを見続けていたら、どういう展開になっていたかはわからない。

こういう夢を見ること自体は、なにも初めての経験じゃない。なにしろ思春期ど真ん中の中学二年生男子だ、性に対する関心は人並みに持っている。

ただ、そこに出てきた相手が——欲望の対象にしてしまった相手が問題だった。

恋人でもなんでもない、一応は友人関係にある、同級生の女子。

普段はそういう目で見ていないはずなのに、こんなあからさまな扱いをしてしまうなんて、自分でも予想外だ。

「……ぐわぁ……」

相手に対して申し訳ない気持ちもあるが、それ以上に自己嫌悪が甚だしく、水希はベッドの上で身悶《みもだ》える。

まさか自分という人間は、女子であれば誰《だれ》にでも欲情する、見境のない獣のような男なんだろうか。

……それともほんとうは、自分すら意識していないところで、相手のことをそういう対象として見てしまっている？

「……はぁ」

どちらにしても決まりが悪く、水希はほとぼりが冷めるのを待ってから、気を取り直すべくベッドから抜け出した。

「んっ……」

背筋を伸ばして体をほぐすと、いつものルーティンでカーテンを開ける。

いつもならここで、差し込む日光に目をすがめるところだが、今日に限ってはその必要がない。

なにしろ現在の時刻は、まだ朝の六時を少し過ぎたあたり。普段は八時近くまでぐっすりの水希にとって、かなり早めの起床だ。

「……しっ」

変な夢を見てしまったが、なにはともあれ、久しぶりの早起きに朝から身が引き締まる。

頬をぴしっと叩《たた》いて気合いを入れ直すと、水希はさっそく朝の準備に取りかかった。

第2話　待ち合わせ

小鳥のさえずりさえ気持ち良く響かせる、静けさに満ちた朝六時台の通学路。

肩から提げたスポーツバッグの重みにふと懐かしさを覚えた水希《みずき》は、学校へと向かう道すがら、ついつい感傷に耽《ふけ》ってしまう。

――部活のために早起きするなんていつぶりだろ。

中一の夏の終わりにバスケ部を辞めて以来、帰宅部でずっと体を持て余していた水希。

しかしつい先日、体験入部に誘われたことで心機一転し、晴れてサッカー部に入部届を出したのだ。

サッカーそのものに興味があったわけじゃない。入部を決めた動機も、一番はクラスメイトに勧誘されたからで、半ば人に流されたようなもの。

とはいえ、やるからにはレギュラーを狙《ねら》いたいというのが、スポーツマンとしてごく自然な思考でもある。

運動神経には自信があるものの、サッカー自体は初心者。加えて二年生からの入部ということもあり、ここからレギュラーを目指すのであれば、練習時間はいくらあっても足りないだろう。

そのためにこうして早起きし、朝練など始めてみたわけだが――

「……くぁ……」

やはりと言うべきか、慣れない早起きはつらく、人目がないことを幸いに盛大なあくびをしてしまう。

誰《だれ》に強制されたわけでもなく、自主的に始めたことなので、この分ではいつ自分に甘えが出てしまい、目覚ましの設定を元に戻してしまってもおかしくなさそうだ。

ただ――それでも三日坊主にはならないだろうという確信が、不思議と水希のなかにはあった。

というのも、この朝練の習慣、決して孤独な環境ではないからだ。

所属する部活は違えど、同じように朝から練習に励む同士がいれば、やはり張り合いが出てくるというもの。

その相手が異性であるなら、男としてなおさら後には引けなかった。

「――お～い！」

通学路の途中にある、いたって平凡な児童公園。

日中であれば小さな子供たちで賑《にぎ》わうそこの、原色でカラフルに塗装されたブランコに、同じ中学に通う女子の制服姿があった。

「……なにしてんだよ」

側《そば》まで近寄った水希は、楽しそうにブランコを漕《こ》ぐ同級生に呆《あき》れた視線を向ける。

中学生にもなって、よく恥ずかしくないものだが――一応、それなりの羞恥心は持ち合わせていたらしい。

「へへ、なんか久しぶりに乗りたくなっちゃって。誰も見てないし、いいかなって」

足裏でブレーキをかけてブランコを止めると、同級生の女子――高瀬《たかせ》は、はにかみながらそう口にした。

続けて立ち上がると、改めて朝の挨拶《あいさつ》をしてくる。

「おはよう」

「……おはよう」

「ちゃんと起きれたんだね」

「ま、まぁな……」

「よかった、待ちぼうけにならないで」

「ん……」

いまさらながらこの状況に緊張を覚え、水希の受け答えはどうしてもぎこちなくなってしまう。

高瀬とはたまたま登校時間がかぶったわけじゃない。前日から時間と場所を示し合わせて、一緒に登校する約束をしていたのだ。

中学生という年代ゆえ、それだけでもなにか特別な関係を疑われてしまうかもしれないが——自分と高瀬の間に、そういう色恋じみた事情は一切《いっさい》ない。

というのも、朝練を始める話をなにげなく伝えたところ、高瀬が「わたしもやる！」と同調してきて、そこから自然と待ち合わせする流れになってしまっただけなのだ。

「下野《しもの》のほうが遅かったから、罰ゲームで荷物持ちね！」

「はぁ⁉　な、なんでだよ！」

「あれ？　言ってなかったっけ？」

「聞いてない！」

「え～？　しょうがないなぁ～。なら今日は許してあげる」

イタズラっぽく笑うと、高瀬は「じゃ、いこ」と一言、先んじて歩き出した。

向こうは吹奏楽部の人間なので、なにもわざわざ足並みを揃《そろ》える必要もなかったが、一度取り決めてしまったものはしょうがない。

諦《あきら》めると同時に気分を落ち着かせた水希は、長身ゆえ歩幅の広い高瀬の足取りに遅れないよう、気持ち早足になって後を追う。

そうして肩を並ばせると、いつも通り高瀬主導での雑談が始まった。

「朝もだいぶ明るくなってきたね～」

「そうだな。……普段早起きしないから、あんまり実感わかないけど」

「ふふ、それもそっか」

「けど、この時間は結構冷えるんだな。風が冷たい」

「ね～。もうすぐ五月だし、すぐ暖かくなってくれると思うんだけど」

話が季節柄のものに及ぶと、この時期では鉄板の話題がのぼってくる。

「来週からゴールデンウィークだけど、下野はどこか出掛ける予定あるの？」

「あ～……」

少し考えてから、水希は正直に答えた。

「いや、たぶんどこも出掛けないと思う。うちの親、連休関係なく仕事あるし」

「うわ～、大変だ」

「まぁ、どうせおれも部活あるだろうし、別にいいんだけど」

「サッカー部は連休中も活動するの？」

「するんじゃないか？　たぶん」

年末年始をのぞいた休暇は基本的に練習でつぶれるもの。

運動系の部活に所属するなら覚悟しなければいけないことだが、このあたり顧問の方針によって変わってくるところでもあるので、実際はなんとも言えない。

「吹奏楽部はどうなんだ？」

なにげなく聞き返すも、これが思わぬ地雷だったらしい。

渋い顔を作った高瀬が、肩を落として力なく呟《つぶや》く。

「……普通にある……休み一日だけ……」

「まじか。文化系なのに？」

「吹部が文化系なんて、ただの名目だよ～……」

実感がこもりにこもった一言に、思わず同情の念を抱いてしまう。

だが、続く高瀬の言葉に、今度は水希のほうが地雷を踏み抜かれてしまった。

「今年は全国目指してるし、練習量多いのはしかたないんだけど。――そのせいかな？

今朝《けさ》ね、変な夢を見ちゃったんだ」

「え？」

どきりと、胸が脈打つ。

なにしろ変な夢といえば、自分も今朝方見たばかりなのだ。

「へ、変な夢って……？」

「うん。楽器を吹く夢なんだけどね、息を吐いても吐いても、ぜんぜん音が鳴らないの。その代わりに、なんでか楽器が風船みたいに膨らんでいっちゃって」

「……へぇ」

「ね、変な夢でしょ?」

「そ、そうだな……」

喜々として語る高瀬には悪いが、水希は良い意味で拍子抜けしてしまった。

変と言えば変だが、内容的にはまったく健全だ。自分の見た夢とは毛色がまるで違う。

——おれのほうは、絶対に、とても人に話せないな。

特に高瀬には、絶対に、なにがあっても教えられない。

当然だ。自分が同級生の男子の夢に出てきて、いやらしい扱いを受けたなんて知ったら、女子であれば誰だって嫌悪感を覚えるだろう。

ほんとうに、なんであんな夢を見てしまったのか。

ぶり返す自己嫌悪に再び苛《さいな》まれる水希だったが——どうやら夢のなかに異性が登場すること自体は、別段めずらしいことでもなかったらしい。

「そういえば前、下野が夢に出てきたこともあったよ」

「お、おれ⁉」

早朝の静けさのなかに、水希のすっとんきょうな声が響き渡る。

「そんなに驚く?」

「い、いや。ごめん……」

思わず過剰に反応してしまったが、冷静に考えれば特に騒ぎ立てるようなことでもない。

しかし、内容だけはどうしても気になってしまい、水希は尋ねずにいられなかった。

「……それで？　どういう夢だったんだ？」

「う～ん……忘れちゃった！」

「忘れたんかい……」

肩すかしな返答に水希の気が緩む。

その隙を突くように、高瀬が言った。

「何回も見てると、逆に印象薄れちゃうのかも」

「…………」

わかって言ってるならとんでもない食わせ者だが、無自覚なのもそれはそれで対応に困る。

勝手に緩もうとする頰《ほお》を保つのに、水希は必死になって表情筋を引き締めるが――

「下野のほうは、わたしが夢に出てきたりしたことない？」

「…………」

タイムリーというか、クリティカルな質問に、水希の思考が一瞬停止する。

「……ない」

素知らぬふりを決め込もうとするが、高瀬は思いのほか鋭かったようだ。

目つきに疑いの心を宿して、違和感を指摘してくる。

「なに～？　いまの間。ちょっとあやしい」

「お、思い出すために考えてただけだ！」

「ムキになるあたり、ますますあやしいな～？」

「っ～……」

すっかりやり込められ、ぐうの音も出ない水希。

幸い、高瀬からそれ以上の追及はやってこなかった。

「いつかわたしが夢に出てきたら、そのときは教えてね」

「……気が向いたらな」

邪気の欠片《かけら》もない笑顔に後ろめたさを感じながら、水希は曖昧な言葉を返す。

こんなやり取りがこれから何度も繰り返されるかと思うと、朝練は想像以上にハードなものになりそうだったが――

それでもやはり、三日坊主にはならないだろうという確信だけは、不思議と揺らがなかった。

第3話　もっと上手いわたし

学校に到着し、高瀬《たかせ》と別れると、水希《みずき》は部室の鍵《かぎ》を借りるため職員室へ向かった。

しかし、いざ鍵置き場を確かめてみると、部室の鍵はすでに貸し出し中。どうやら先客がいたようだ。

無駄足になってしまったものの、水希にしてみればこれはむしろ都合が良い。

なにせ、水希はまだルールもよくわかっていない、ずぶのサッカー初心者なのだ。自主練習をするにしても、どういったメニューをこなせばいいのか、いかんせん知識が足りない。

一応はそれらしい練習方法をスマホで調べてきたが、人から教わったほうが効率が良いのは明白。ここはぜひとも教えを乞うべきだろう。

まだ仮入部期間中なので、一年生が来ていることは考えづらい。となると、先客は二年か三年の部員か。

——できれば同学年のやつがいいんだけど。

そう考えながら部室棟へ向かい、サッカー部の表札が掲げられた扉を開けると、

「――おっ？」

そこには、望んでいた通り、同学年の人物がいた。

スポーティーなポニーテールが印象的な、水希をサッカー部に引き込んだ張本人――今朝丸《けさまる》だ。

「下野《しもの》君じゃん！　どしたの？」

サッカー部唯一の女子部員である彼女は、マネージャーではなく選手として活動している。

おまけに気さくな性格で話しやすく、練習のアドバイスを求める相手としては申し分ない。

申し分ないのだが……ただ、ひとつだけ誤算があった。

それは――いままさに着替えの最中だったようで、下着姿を惜しげもなくさらしていたことだ。

「ご、ごめんッ！」

慌てて回れ右して扉を閉めるも、ばっちり目撃してしまった光景が網膜に焼きついて離れない。

運動部の女子らしい、贅肉《ぜいにく》が見当たらないスマートな体型。

シンプルなデザインの、グレーのスポーツブラと同色のショーツ。

どちらかといえば色気のない、健康的な肢体だが――同級生の下着姿というだけで、思春期の男子にとっては十分すぎるほど刺激的だ。

「もう入ってきていいよ〜」

気持ちを静めながら待っていると、やがてなかから声が聞こえてきた。

恐る恐る扉を開く。すると、今度はちゃんとスポーツウェアに身を包んだ今朝丸の姿をベンチの上に見つけ、水希はほっと息をついた。

「おはまる！　早いね！」

「お、おぉ……」

偶然とはいえ、のぞきを働いてしまったことに変わりはない。

水希はすぐに謝罪の言葉を口にする。

「ごめん……。ノックすればよかった」

「いいよいいよ、気にしてないから！」

トレーニングシューズの紐《ひも》を結び直しながら、今朝丸があくまで気さくに言う。

「鍵かけなかったわたしも悪いし。それに、丁度運動用のインナーに着替え終えたところだったしね！」

「そ、そっか」

「あと五秒早ければ丸見えだったぜ！　ギリセーフ！」

「っ……」

突発的にそのシーンを想像してしまい、水希はたまらず赤面してしまう。

「つ、次からは気をつける」

「ぬふふ、顔赤くしちゃって。純情ボーイじゃのぉ、かわゆいのぉ」

「茶化《ちゃか》すなよ……」

「あはは、ごめんごめん！　いつも部内だとぜんぜん女子扱いされないもんでさ、なんだかそういうリアクション、逆に新鮮で！」

くっきりとえくぼを作った、裏表のない笑顔を向けてくる今朝丸。

ひとまず許されたことに安堵《あんど》の息をひとつ、水希は自分も着替え始めることにした。

ロッカーの前まで移動し、さっそく準備に取りかかるが——

「……あのさ」

「ほいほい？」

準備が終わった様子にもかかわらず、なおも部室に居座り続ける今朝丸に向けて、水希は言った。

「着替えたいんだけど……」

「おっ、どうぞどうぞ。お構いなく」

「………」

実はさっきのことを根に持っていて、仕返しで困らせにきている——わけでもなさそうだ。

女子の前で着替えることに若干の抵抗はあったが、やたらと気にするのも、それはそれでどこか恥ずかしい。

結局水希は、今朝丸の目を気にしないことにした。

「もしかして、朝練しにきたの？」

「そう」

「お～！　わたしもだよ！」

「今朝丸はいつもやってるのか？」

「もっちろん！　生粋のサッカーバカだからね、わたしゃ！　ただのバカじゃあないんだよ！　お生憎様《あいにくさま》！」

「……よく朝からそこまでテンション上げれるな」

「ふっふっふ。我、今朝丸ぞ？　朝の申し子ぞ？」

皮肉交じりに言うも、今朝丸には通じなかったようだ。

意味不明な理屈でどやると、はきはきとした口ぶりで会話を続けてくる。

「でも、入部早々えらいよね。朝練なんて、みんな普通やりたがらないものなのに」

「二年から入った初心者だからな。これぐらいやらないと、周りに追いつけないだろ」

「おほ～、やる気がありますなぁ」

感心したふうの今朝丸だが、水希はどうしても胸を張ることができない。

むしろ若干の後ろめたさを感じてしまい、ふと本音をもらしてしまった。

「……どっちかっつーと、あるのは後悔のほうだけど」

「後悔？」

ぼそっと呟《つぶや》いただけなのに、今朝丸の耳にはしっかり届いてしまったようだ。

もともと話す気はなかったが、まぁ隠すようなことでもないかと、水希は正直な気持ちを答える。

「……おれ、一年のときバスケ部だったんだけど、途中で辞めてるんだ」

「ほうほう？」

「辞めた理由は、まぁ、色々なんだけど……。この年代になると、どうしてもフィジカルで差がつくじゃん」

「つくねぇ〜。絶望的に」

実感のこもった口ぶりで同意する今朝丸。

バスケとサッカーという違いはあれど、同様に接触プレーが多発するスポーツだ、思い当たる節があるのだろう。

「特にバスケは、タッパあるほうが圧倒的に有利だから。……身長低くて、体の線も細いおれじゃ、全然通用しなくてさ。それで自分、才能ないなって諦《あきら》めたんだ」

だけど、と水希は続ける。

「いま思い返すと、おれはただ、逃げたかっただけなんだと思う」

思うようにいかない、目の前にある現実から逃げたかっただけ。

負けを認めたくないから、戦うことを辞めただけ。

つまるところ、自分にとって不都合なものを受け止める勇気が、あのときの自分にはなかったのだ。

「身長が低くても、活躍してる選手はいる。おれにだって、そうなれた可能性はあった。……なのにのっけから全部諦めて、努力するのをやめたこと、……いまさらだけど、すごい後悔してる」

口にしているほど、まだ完全に立ち直れたわけじゃない。

それでも――身長を理由になにもかも諦めることは、もうしたくなかった。

「だから今度こそは、そういう後悔だけはしたくない。――身長とか、才能とか、どうにもならないことは相変わらずあるんだろうけど……どうにかできる部分については、全力でどうにかしようって、そう決めたんだ」

練習着に着替え終えた水希は、そこではっと我に返った。

――なにをべらべら自分語りしてるんだ……！

いくらなんでも好き勝手喋《しゃべ》りすぎだ、痛々しいにも程がある。

これにはきっと今朝丸も引いているに違いない。恐る恐る背後を振り返ってみると――

「――うわっ⁉」

ベンチに座っていたはずの今朝丸が、いつのまにかすぐ側《そば》まで近寄ってきていて、水希は思わず声を出して驚いた。

「下野君！」

「な、なに……？」

「感動した‼」

水希の両肩を正面からがしっと摑《つか》むや、今朝丸は声高に繰り返す。

「そうだよね！　そうなんだよ！」

「だ、だからなんだよ……⁉」

「努力できるのも才能って言うけどさ、そうじゃないよね！　だって、自分次第でどうにかできることなんだもん！　うんうん！」

瞳《ひとみ》をキラキラ輝かせながら、今朝丸は熱弁をふるってみせる。

どうやら水希の自分語りに共感したようで、ひどく感動している模様だ。

「どんなにがんばっても、わたしはメッシにも、クリロナにもなれない。――それでもがんばれば、わたしは〝もっと上手《うま》いわたし〟にはなれる……！」

「今朝丸、ちょ、落ち着け――」

「そういうことだよね⁉」

「う、うん？」

反射的に頷《うなず》くと、今朝丸はやっと肩から手を離してくれた。

しかし次の瞬間には背後に回ってきて、今度は後ろから、肩もみでもするみたいに摑み直してくる。

「よっしゃあ〜！　モチベ最高潮！　さ、練習しにいこうぜ！」

「お、押すなって……！」

「うお〜！　やろうぜやろうぜ〜！　一緒に最高のフットボーラーを目指そうぜ〜！　うおい！」

「いや、そこまで目標高くないから……」

あまりの熱意に呆《あき》れてしまうが、結果的に自分が焚《た》き付けたかたちなので文句は言えない。

——朝練、思ってた以上に疲れそうだな……。

登校するときには高瀬にかまわれ、登校してからは今朝丸に絡《から》まれるなんて、想像するだけでも気疲れしてしまう。

さすがに先行きが不安になる水希だったが、これもメンタルを鍛える一環だと考え、いよいよ腹を据えるのであった。

第4話　素直に喜んで

全学年共通で、週に一度行われているロングホームルームの時間。

新年度から約一か月が経過し、席替えをすることになった二年B組の教室は、静かな熱狂に包まれていた。

「おーし。じゃ、ちゃっちゃと決めてくぞー」

事務的に仕切る担任の声に、教室内の男子たちから歓声が上がる。

そこに女子の声が含まれていないのは、幼稚な男子たちに呆《あき》れているから——ではなく、席替えの方法に『お見合い方式』を採用したからだ。

お見合い方式——男女別々に席を決め、最後にお見合いするように顔合わせをする席替えの方法。

そのため、先に席を決めた女子たちは現在、全員が教室から出て廊下で待機中。これから男子の席決めが行われるところだった。

「じゃ、まずひとりめ」

そう言うと担任が、教卓の上に用意したクジを引く。

クジには出席番号に対応する数字が振られており、読み上げられた順に好きな席を選んでいくルールだ。

「――八番」

くそ～、と、外れたクラスメイトたちから落胆の声がもれる。

一方、当の出席番号八番――水希《みずき》も、まさか初っぱなから当たるとは予想しておらず、思わずきょとんとしてしまった。

「下野《しもの》。どの席にするんだ？」

黒板に描かれた空白の座席図の前で、担任がチョーク片手に返答を待つ。

「えっと、それじゃ――」

少しだけ考えると、水希は順当ともいえる席を指名した。

「窓際の、一番後ろで」

すると今度は、取られた～、という声があちこちで上がる。

やはり窓際一番後ろの席は人気だったようで、座りたいクラスメイトが多かったようだ。

「時間ないからどんどんいくぞー」

宣言通り、担任が手際良く進行していく。

やがて全員分の席が決定すると、男子たちはおのおの席を持ち上げて移動を始めた。

「おっしゃー！　席ガチャ勝利！」

と、前の席にやってきた男子が、威勢良く叫ぶや後ろを振り返ってきた。

天然パーマが特徴的な、いかにもお調子者風な男子――久保《くぼ》だ。

「へへっ。お互い運が良かったな、下野！」

砕けた感じの久保の口調は、完全に気心の知れた友人に対するそれ。

友達になった覚えはないが、同じサッカー部所属の仲間同士、自然といえば自然だった。

「おまえが一番後ろを選んでくれて助かったぜ」

「なんで？」

「そりゃおめえ、教室で一番良い席はここだからよ」

一番人気の最後列ではなく、その一個手前のほうが良いと、久保は持論を展開する。

「一番後ろの席は、目立たないようでいて逆に目立つんだぜ？　授業中も当てられやすいしな！」

「そうか？」

「うむ！　統計学上、そういうデータが出ている！」

「ウソくせー」

素っ気なく返す水希だが、その胸の内は少しばかり弾《はず》んでいた。

中一のときに友人と疎遠になり、長らくぼっち生活を続けてきたせいか、何気《なにげ》ない男子同士の会話であってもやたら新鮮に感じるのだ。

そうして久保と他愛《たあい》ないやり取りを続けていると、そこへさらにもうひとり、男子が会話の輪に加わってきた。

「サッカー部で固まれたね」

声も見た目も、なにもかもが爽《さわ》やかなイケメン――戸川《とがわ》だ。

どうやら久保の前が戸川の席らしい。二年Ｂ組でサッカー部に所属している男子はこの三人なので、うまくまとまることができたかたちだ。

「よっしゃ！　あとは隣に誰《だれ》が来るかだな！」

手の平に拳《こぶし》をパンッと打ち付けると、久保が再び後ろを振り返ってきた。

「へへ、よぉ下野っち」

腹に一物ありそうな、久保のにやけ面。

嫌な気配を察した水希の予感は、ずばり的中してしまう。

「誰が隣に来てほしいんだ～？　んん～？」

誰が隣に来てほしい――つまり、どの女子がお好みなのかと。

久保は異性への興味を開けっ広げにできるタイプのようだが、水希はそうじゃない。途端に口ぶりが鈍ってしまう。

「べ、別に誰でもいいし……」

「照れてねぇで正直に言えよ～」

「て、照れてねえし」

きっぱり否定するも、久保の顔からにやにやは消えない。

なんとかやり過ごすため、水希は逆に質問を向けることにした。

「そ、そういうおまえはどうなんだよ」

「おれ？　おれは、そうだな――」

しばしの考える時間を挟み、久保が屈託《くったく》のない笑顔と共に答える。

「かわいい子なら誰でもＯＫ！」

「最低じゃねえか」

「最低だね」

戸川まで口を同じくして非難するも、久保はどこ吹く風。さらに最低な発言を重ねてみせる。

「あ、でも、どこぞのサッカーバカ女だけは願い下げだわ！」

そう言って馬鹿笑《ばかわら》いする久保。

しかし――このデリカシーに欠ける言動が、結果的にフラグとなってしまう。

「全員移動したな？　じゃあ、これから女子にも移動してもらうけど、恨みっこなしだぞ」

担任に呼ばれて、廊下で待っていた女子一同が教室に戻ってくる。

「え～、あんたが隣なの!?」

「ぎゃ～！　やり直して～！」

女子たちから不満の声や悲鳴が上がるものの、基本的にどれも笑い混じりなので、あくまでそういうノリを楽しんでいるだけのようだ。

だが、そのなかで唯一、明確な嫌悪を隠さない声があった。

「げぇ〜！　久保の隣ぃ〜⁉」

久保言うところの、サッカーバカ女──今朝丸《けさまる》だ。

机を移動させてくると、隣になった久保へ心底苦々しい表情を向ける。

「最悪！　ハズレじゃん！」

「誰がハズレだ！　こっちのセリフだコラ！」

「おぉん⁉」

「あぁん⁉」

眉間にしわを寄せてにらみ合う両者だが、普段からこれが平常運転なので誰も気にしない。

その一方で戸川のほうは、

「きゃ〜！　戸川君の隣になれた〜！　よろしく〜！」

「うん、よろしく」

さすがのモテ男ぶりを発揮して、隣になった女子から嬌声《きょうせい》を浴びていた。

──おれの隣は……？

久保にはああ言ったが、水希も本心ではやはり気になるところ。

別に特定の人物を望んでいるわけじゃないけれど——と思いつつも、水希の視線は自然と、とある女子の動向を追ってしまう。

「…………」

長身の後ろ姿が、遠く離れた席で腰を下ろす。

——高瀬《たかせ》のやつ、一番前か。

上背があるだけに、てっきり後ろのほうの席に座るかと思っていたが、どうやら予想が外れてしまったようだ。

「…………」

別に残念がっているわけじゃない。

ただ、単純にクラス内で一番よく話す女子が高瀬なので、あいつが隣に来れば変に気を遣わずに済むのにと、そう下心なく考えていただけだ。

ほんとうに、嘘偽《うそ》りなく、誓って——

「あ、下野君だ」

頭のなかでひとり勝手に言い訳を重ねていたところ、いきなり声をかけられて、水希はビクッと体を跳ねさせた。

声のした方向をとっさに見ると、そこにいたのは、飾り気のないショートカットの小柄な女子。

「……藤本《ふじもと》か」

水希は内心ほっとした。

高瀬ほどではないが、藤本とも割と話すほうだ。

少し前にひょんなことから叱責されて以来、若干の苦手意識を感じてはいるものの、まったく面識のない女子が隣に来るよりよほどマシだろう。

「いい場所座れたね。もしかして、最初のほうでクジ当たった？」

「あぁ、初っぱなで当たった」

「へぇ～、ツイてるね。――やっぱりこっちだったか、ふふ」

なにやらぼそっと呟《つぶや》くと、藤本は意味深な微笑《ほほえ》みを浮かべてみせる。

「……なに？」

「ううん、なんでも」

あやしく思って尋ねるも、軽く受け流されてしまった。

そうこうしているうちにクラス全員が着席し、席替えがついに完了する。

――かと、思われたが。

「よし。特に問題ないな？　それじゃ――」

「先生、すみません」

藤本が手を上げて、担任の言葉をさえぎった。

「どうした、藤本？」

クラスメイトたちからの注目を集めながらも、藤本はまったく動じず言ってのける。

「やっぱりここからだと黒板見えづらいんで、席移動させてもらっていいですか？」

クジで順番を決めたとはいえ、席を選んだのは本人の選択。

藤本の要求は少し自分勝手だったかもしれないが、それでも授業を受けるのに差し障りがあるのなら、担任としても対応せざるを得ない。

「ん、そうか。ならしょうがないな。いいぞ」

「ありがとうございます」

立ち上がった藤本が、再び机を持ち上げる。

「ぬお～！　たまちゃん～！　わたしを置いていくというのか～！」

「ごめんね」

泣きついてくる今朝丸をあっさりと振り切り、藤本は教室の前へと向かう。

そうして最前列――高瀬の隣までやってくると、開口一番、すぱっと言う。

「菜央《なお》！　席替わって」

「え……」

「あんたみたいなデッカいのが前にいたら、後ろのひとの迷惑になるでしょ！」

「も、もぉ～！　ひどい～！」

親しい友人同士だからこそ許されるジョークに、教室内でどっと笑いが起きる。

「ほら、さっさと後ろにいったいった」

「勝手なんだから……」

せっつかれた高瀬が席を立つ。口では文句を言いながらも、その表情はあくまで明るい。

「えへへ、よろしく」

「……おぅ」

大逆転（?）の結果に、水希は内心の動揺を隠せない。

高瀬が隣なら気を遣わなくていいと思っていたが、実際にそうなってみると、これはこれで緊張してしまう。

「下野、てっきり前のほうにいくと思ってた」

「……いくらチビでも、黒板くらい見える」

「ご、ごめん。そういう意味で言ったんじゃないの」

反射的にいじけた態度を取ってしまったが、高瀬の発言に悪意がないことはわかり切っている。

悪い癖《くせ》だなと、被害妄想を反省した水希は、努めてさっぱりした感じで返す。

「わかってるよ。……てかそっちこそ、もっと後ろの席いくのかと思ってた」

「ク、クジ引きで負けちゃったんだ」

そう答える高瀬に、前の席の今朝丸から指摘が入る。

「あれ？　結構最初のほうで当たってなかったっけ？」

「あ、うん、え～っと……。さ、最近、ちょっと視力が下がってきてて」

そうなんだ、と納得した様子の今朝丸が、ここぞとばかりに隣の席へ向けて嫌みを言う。

「わたしも目が悪くなれば、この不愉快なモジャモジャを見ないで済むというのに……」

「お？　いったい誰のことだそりゃ？」

「おまえのことじゃ～！」

またしてもやり合い出すふたりをよそに、水希はふと感じた気がかりを口にする。

「それなら、ここからだと黒板、見えないんじゃないか？」

「そ、そこまで悪くないから大丈夫っ」

心配無用と答える高瀬。

先ほどから言動が行き当たりばったりに感じるが、なにか後ろめたい事情でもあるのだろうか。

「だったら最初から後ろに来てれば――」

「もうっ、いいでしょっ」

追及する気はなかったが、ついついしつこくなってしまったようだ。

水希の言葉をさえぎると、高瀬はぷいとそっぽを向いてしまう。

「せっかく隣になれたんだから、素直に喜んでよ……」

「まだ時間あるな。じゃあ、来月にある球技大会の実行委員を――」

通りの良い担任の声が教室に響く。

そのせいで、ふとこぼされた本音の呟きが、水希の耳にまで届くことはなかった。

第5話　よくやった

「いや～、わたしゃ感動したね！」

席替え後、初めてとなる給食の時間。

いまだ興奮の余韻が消えないなか、前後の席で机を寄せ合って作ったグループは、どこもかしこも賑《にぎ》やかな雰囲気だ。

特に水希《みずき》が席を並べるグループは、常にハイテンションでお喋《しゃべ》りな今朝丸《けさまる》がいるせいか、そのなかでもひときわ騒がしかった。

「自主的に朝練始めるなんて、なかなかできることじゃないもん！　他の部員にも見習ってほしいよ！」

食事の手もそこそこに、今朝丸は手放しで水希を褒めたたえる。

朝練を始めて早数日。上達できたかどうかはさておき、少なくとも仲間からの信頼を得ることはできたようだ。

「久保《くぼ》！　特におまえだぞ！　聞いてんのか～⁉」

槍玉《やりだま》に挙げられた久保が、コッペパンをかじりながら言ってくる。

「下野《しもの》、よくこんなうるせぇのと朝から一緒に練習できるな。尊敬するぜ」

「んだと～⁉」

失礼な言い草に憤慨してみせる今朝丸だが、それはあくまで表面的なもの。

次の瞬間にはけろりとして、水希への称賛を続ける。

「でも、下野君の話聞いて、わたしほんとうに感動しちゃった！　おかげでモチベ爆上がりよ！」

朝練初日に、部室で交わした会話について言及しているんだろう。

つい好《い》い気になって喋りすぎてしまったので、できれば触れてほしくないところだった。

しかし、

「話って？」

今朝丸の隣、水希から見て正面に座る、高瀬《たかせ》が興味を示してきた。

「えっとね――」

「な、なんでもないって！」

解説しようとする今朝丸をさえぎって、水希は必死にごまかす。

「ちょっと、練習の方針とか、そういう感じのあれだから……」

「おやおや、照れなくてもいいのに」

「そ、そういうわけじゃ……」

「ぬっふっふ、わかったわかった。ふたりだけのヒミツってことで！」

今朝丸の口調はあくまで朗らかだ。

しかし「ふたりだけのヒミツ」という文字面から、どうしてもあやしい気配が出てしまう。

高瀬はどう受け取ったのだろう、と様子をうかがってみれば、

「………………」

心なしかぶすっとしており、のけ者にされたことを不満に感じている心情が見て取れる。

「……別に、たいした話じゃないから……」

もごもごと言い訳を口にする水希だったが、結局は今朝丸の大きな声にかき消されてしまう。

「でも、下野君のこと誘ってほんとよかったよ！」

「……そりゃどうも」

「まだまだ初心者だけど、さすが元バスケ部だけあって飲み込み早いし！　この分なら、夏の大会までには物になるんじゃないかな？」

「だといいんだけどな……」

「ふふ～！　見る目あるぜ、わたし！」

鼻高々に言ってみせる今朝丸。

と、そこに久保からの鋭いツッコミが入れられた。

「数合わせが目的だったくせに、よく言うぜ」

「おい～! 言うなそれ～!」

数合わせ? と水希は反応する。

「サッカー部って、前から十一人以上いたよな?」

自分が入部した時点で、サッカー部には少なくとも1チームを構成できる人数は揃《そろ》っていたはず。

思わず尋ねると、久保を挟んだ向こうの席、戸川《とがわ》から答えが返ってきた。

「そうなんだけど、紅白戦のためにね。下野君が入るまで、部員が二十一人しかいなくてさ」

「あぁ、なるほどね」

サッカーは1チーム十一名で行うスポーツ。部内で試合形式の練習をするならば、人数は最低でも二十二人必要になる。そういう意味での数合わせだったようだ。

「ごめんよぅ。でも、誰《だれ》でもいいからって適当に誘ったわけじゃないんだよ! これほんと!」

「別にいいよ、気にしてない。部内で紅白戦できると色々便利だよな」

実戦形式じゃないと試せないことはスポーツの練習において多々ある。

素直に共感の声を向けると、今朝丸はうれしそうに表情を崩し、

「いやん、優しいのね! 好きになっちゃいそう! うっふん♡」

冗談めかしてそう言ってきた。即座に久保が反応する。

「オエ～」

「なんだぁ⁉　文句あるならハッキリ言わんかい〜！」

漫才のようなふたりのやり取りに、グループ内でどっと笑いが起こる。

ただひとり、高瀬の表情だけどこかぎこちない気もするが、こういうノリが苦手なのだろうか。

「よし、下野君！」

「ん？」

と、今朝丸が不意に、こちらへ向かって手を差し伸べてきた。

「朝練がんばってるご褒美と、ごめんねの意味も込めて、君にはこれをプレゼンツしようではないか！」

その手のなかにあるのは、給食のデザートであるプリン。どうやら譲ってくれるらしい。

「いや、いいって……」

「まぁまぁ、お代官様！　ここはひとつお納めになってくだせぇ！」

「賄賂かよ……まぁ、さんきゅ」

本人がくれると言うのなら、水希としても受け取ることに抵抗はない。

だが、物には限度があるのも事実で、それが複数個になってくると話も変わってくる。

「わ、わたしのもあげる」

今朝丸に続いて、高瀬までプリンを寄越《よこ》してきた。

まだ自分の分にすら手をつけていないのに、三つもあってはさすがに水希も持て余してしまう。

「こ、こんなにいらないって……」

「お、お納めになってくだせ～」

今朝丸を真似《まね》て、プリンを押しつけてくる高瀬。

照れ交じりでぎこちないその所作に、水希は思わずドキッとさせられてしまう。

だがそれは水希に限った話でもなかったようで、横から似たような感想が聞こえてきた。

「今朝丸がやるとクソウザいのに、高瀬さんがやるとクソかわいいの、すげ～不思議」

「あっはっはっ」

あけすけに言ってみせる久保。戸川もめずらしく大笑いしているあたり、同感なのだろう。

「むっき～！　わたしがやってもかわいいだろうが～！　それと戸川も！　笑うんじゃない～！」

ぷんぷんと悔しがる今朝丸が、そこで仕返しに出てみせる。

「おまえらも道連れじゃ～！」

久保と戸川からプリンを奪い取る今朝丸。道連れという言葉の通り、その行く先は水希のトレーだ。

「何個食わす気だよ……」

呆《あき》れた水希は、すぐにプリンを返却する。

ただ、せっかくの好意をむげにするのも気が引けるので、高瀬からもらった分だけは手元に残すことにした。

「今朝丸。高瀬のもらうから、おまえのは返す」

そうして場が落ち着いたところで、水希はさっそくデザートに手をつけ始めるが――

「……………」

正面の席からじっと向けられる視線が気になり、どうにも食べることに集中できない。

「……なんだよ？」

まさか、いまになって惜しくなったのだろうか？

そう思って尋ねるも、高瀬はあくまでにこやかに頭を振ってみせる。

「ううん、なんでもない。――プリン、おいしい？」

「ま、まぁ……普通に」

「そう。よかった」

先ほどのぶすっとした表情から一転、高瀬はひどく上機嫌な様子だ。

「……？」

せっかくのデザートを人に譲っておいて、いったい全体どういう情緒なのだろう。

おまけに別のグループにいる藤本《ふじもと》からも、なぜか「よくやった」と言わんばかりのサムズアップをもらってしまい、水希の混乱はますます深まるばかりだった。

第6話　ふたりだけのヒミツ

部活に入ったこともあり、水希《みずき》もここ最近は、人と接する機会がだいぶ増えてきた。

しかし、あくまで環境に変化が起き始めた段階で、まだまだ精神的にはぼっち状態を脱したわけじゃない。

それゆえ、否応《いやおう》なく人と関《かか》わらざるを得ない行事の類いは、相変わらず憂鬱《ゆううつ》だったのだが
——なかには例外もあり、今日がまさにそうだった。

「……ここにするか」

学年合同で行われる、校内写生大会。

単独行動が許され、なおかつ絵を描くことが苦じゃない——むしろ得意なほうである水希にとっては持ってこいのイベントだ。

裏門の近く、できるだけ人気のないスポットに目星をつけると、さっそく作業に取りかかる。

——まずは下書きだな。

内向的な性格だった幼い頃は、よく家のなかでお絵かき遊びに興じていたこともあり、水希の絵心はなかなかのものだ。

画板に広げた画用紙の上、2Bの鉛筆を筆致も滑らかに走らせて、葉桜になりつつある桜の木をメインに風景を下書きしていく。

それが終わると、絵の具セットを用意して色塗りを開始。

そのまま作業は順調に進んでいき、三時間目の終了を知らせるチャイムが鳴る頃には、ほとんど完成させることができていた。

「……ふう」

少し没頭しすぎたようだ。

タイムリミットである四時間目の終わりまでまだ余裕はあるものの、あまり根を詰めすぎるのもよくない。

ひと休み入れることにした水希は、喉《のど》を潤すため屋外の水飲み場に向かう。

「――あ、こんなところにいた」

蛇口をひねってぐびぐび水を飲んでいたところ、不意に側《そば》から女子の声が聞こえてきて、水希はとっさに顔を上げた。

校内で自分に声をかけてくる女子など、片手で数えられる程度しかいない。

予想通り、声の主《あるじ》は高瀬《たかせ》だった。

「絵、ちゃんと描いてる？」

出会い頭に進捗を尋ねてくる高瀬に、水希は濡《ぬ》れた口元を拭いながら答える。

「当たり前だろ」

「ほんと〜？　サボってない？」

「……そういうそっちはどうなんだよ」

「わたしはもう描き終わったもん」

言いながら、高瀬は首から提《さ》げた画板を持ち上げてみせる。

「おれももうすぐ描き終わる」

「上手《うま》く描けた？」

「まぁまぁかな」

「あ、なんか自信ありそうな感じ」

適当に答えただけなのに、なにやら勝手に解釈されてしまった。

謎《なぞ》の上から目線で、高瀬が言う。

「どれどれ、わたしがチェックしてあげましょう」

「…………」

高瀬の性格上――というより、自分との関係上、拒んだところで強引《ごういん》についてくるのは目に見えている。

それに、自信がありそうという向こうの勝手な思い込みも、あながち的外れというわけじゃない。

「ったく、何様だよ……」

口では文句を言いながらも、内心は少し乗り気で、水希は高瀬を連れて水飲み場を後にする。

そうして元の場所まで戻ってくると、完成間近の絵を画板ごと手渡した。

「わぁ、上手！」

「……どうも」

期待通りのリアクションに、水希の頬《ほお》は自然と緩んでしまう。

一方の高瀬は、絵を返却してくると、このまま居すわるつもりなのかその場にすとんと座り込んだ。

「すごいな〜。わたし絵心ないから、絵が上手い人って憧《あこが》れちゃう」

「別にこれくらい、普通だし……」

「ぜんぜん普通じゃないよ〜」

素直な褒め言葉にむず痒《かゆ》い気持ちを覚えていると、高瀬が自分の画板を差し出してきた。

「見て、わたしのなんてこれだよ？」

言われた通り見てみると——そこにはお世辞にも上手いとはいえない絵が。

「……個性的なタッチだな」

「いいもん。自分でヘタって自覚あるし」

オブラートに包んで言ったつもりだったが、雰囲気で伝わってしまったらしい。

体育座りした膝《ひざ》の上にアゴを乗せ、高瀬はすっかりいじけてみせる。

――帰る気なさそうだな。

暗に察した水希は、しかたなく高瀬の隣に座ると、そのまま作業を続けることにした。

人に見られている状況だと集中できないが、とはいえ、あとは仕上げを残すだけ。

四時間目開始のチャイムが鳴って間もなく、絵は問題なく完成した。

「……こんなもんか」

「おつかれさま～」

なかなかの出来映えにひとり満足していると、不意に高瀬が話を持ちかけてきた。

「ねえねえ。時間余っちゃったし、一枚リクエストしていい？」

「リクエスト？」

絵を描くこと自体はやぶさかではないが、問題はなにを描くかだ。

絵心はあると言っても、あくまで一般人に毛が生えた程度の実力なので、あまり難しいお題をもらっても困ってしまう。

「いいけど……なに描けばいいんだ？」

「似顔絵！」

「…………」

似顔絵――つまり、自分の顔を描いてくれと。

簡単といえば簡単なお題だ。

美術の授業でもたびたび描かされるので慣れてもいる。

しかし、似顔絵を描くとなると、必然的に相手の顔を見つめなければいけないわけで――

「――苦手だから他のにしてくれ」

「え～」

思わず拒否すると、高瀬が不満の声を上げた。

そして、なにを思ったか、意味不明な代替案を提示してくる。

「じゃあ、わたしが下野《しもの》の似顔絵描いてあげる！」

「なんでそうなるんだよ……」

呆《あき》れる水希をよそに、高瀬はいそいそと描く準備を始めてしまう。

「……はぁ」

立場が変わったところで、顔を見合わせる恥ずかしさが消えるわけでもない。

それに、高瀬の個性的なタッチで自分の顔を描かれるよりは、こちらから相手の顔を描いたほうがいくぶんマシだ。

「……言っとくけど、出来映えには期待するなよ」

「描いてくれるの？　やった！」

予備の画用紙を用意し、鉛筆を握ると、恥ずかしさを我慢して正面から向き合う。

かたや高瀬は、特に緊張したふうでもなく、女の子座りに姿勢を変えてぺたんと座り直した。

「なにかポーズ取ったほうがいい？」

「いや、顔しか描かないから」

「えへへ、そっか。かわいく描いてね？」

どぎまぎしながらも、水希は平常心を意識して似顔絵を描き始める。

幸い、高瀬は斜に構えて視線を遠くに向けてくれたので、そこまで緊張する必要もなかった。

「…………」

次第に慣れてくると、高瀬の顔をじっくり観察する余裕も出てくる。

ぱっちりとした目元に、すっと通った鼻筋、ふっくらとした唇。

顔立ち自体は華やかだが、柔和な人相のおかげか、美人にありがちなキツさは感じない。

人を惹《ひ》きつける魅力と、親しみやすさを両立させた、絶妙にバランスの取れた容貌だ。

描かれていることを意識しているのか、いつもならにこやかな表情をたたえているそこには、めずらしく取り澄ました色が浮かんでいる。

それが妙に様になっていて、水希は知らず知らずに目を奪われてしまった。

「ちゃんと描いてくれてる？」

「えっ、あっ、あぁ……」

見惚《みほ》れるあまり筆を止めてしまっていた水希は、気を取り直して作業を再開する。

そのうち邪念も消え、いい感じに集中力が研ぎ澄まされてきたタイミングで、高瀬がおもむろに口を開いた。

「……ねえ」

「ん？」

「最近、今朝丸《けさまる》さんと仲良いよね」

脈絡のない話題に、水希は作業の手を止めず片手間に応《こた》える。

「仲良いってほどじゃないけど」

「でも、よく喋《しゃべ》ってる」

「同じ部活なら、そりゃ喋りもするだろ」

水希としてはこれ以上説明のしようがなかったが、高瀬は納得してくれなかったようだ。

相変わらず視線は遠くに向けたまま、それでもきっぱりとした口調で続ける。

「ふたりだけで、ヒミツの話もするの？」

「は？」

どうやら給食のときに今朝丸が言いかけた話を、いまだに気にしているらしい。

どう答えればいいのやら、水希は困ってしまう。

「……ていうか、おまえとのほうがよっぽど喋ってるし」

苦し紛れに出た言い訳だったが、これが意外にも効果的だった。

「そ、そっか」

一応は納得した様子を見せる高瀬。

しかし少しの間を置いて、さらに困った質問をぶつけてくる。

「……じゃあ、わたしが一番？」

「へっ？」

「わたしが、一番仲良し？」

「………………」

どうして張り合ってくるんだ。

そう尋ねたい気持ちはやまやまだったが、どんな答えが返ってこようとさらに困らされる結果になりそうなので、ここはぐっと我慢する。

「……女子のなかでなら、そうなんじゃねーの」

考えたすえ、正直な気持ちを答える水希。

素っ気ない言い方だったが、今度こそ納得を得られたようだ。

「ふ～ん。――ならいいや」

一言で済ませると、高瀬はそれきり黙り込んでしまう。

水希もそれ以上余計なことは言わず、無心になってひたすら鉛筆を動かしていく。

「――ほら、できたぞ」

ほどなくして似顔絵が完成すると、水希は画板から画用紙を外して直接手渡した。

「わあ……」

なんの変哲もない、ちょっと絵が上手い一般人が描いただけのつまらない似顔絵だったが
――受け取った側の喜びようといったらなかった。

「すごい！　上手～！」

瞳《ひとみ》をキラキラと輝かせ、感動の面持ちで褒めちぎる高瀬。

ここまで喜ばれたら、水希としても当然悪い気はしない。

「これで満足か？」

「うん！」

ひとしきり絵を愛《め》でると、高瀬が視線を上げて確認してくる。

「この似顔絵、もらってもいい？」

「別にいいけど」

「ありがと～！」

「……恥ずかしいから、人には見せるなよ」

絵の出来映え云々《うんぬん》ではなく、同級生の女子をモデルに描いた事実そのものが恥ずかしい。

念のため約束すると、高瀬は「わかった！」と快諾してくれた。

「……ふふ」

そして最後に、微笑《ほほえ》みと一緒に思わぬオチをつけてくるのだ。

「ふたりだけのヒミツ、だね」

「…………」

なにごとも言い方次第だなと、水希は肯定も否定もしなかった。

第7話　ねぇ、きみ

五月に入り、ついにやってきたゴールデンウィーク。

世間はすっかり大型連休に浮かれているものの、運動部に所属する大多数の人間にとってはその限りではない。

バスケ部に所属していた去年と同様、今年も練習漬けの毎日になることを、水希《みずき》は当然覚悟していたわけだが――


「三日から五日まではオフな。しっかり休むこと」


顧問から告げられた、三日間の完全休養日。

部員たちは口々に喜びの声を上げたが、水希としては複雑な心境を否めない。

休みは確かにうれしい。ここのところ趣味の読書もできていなかったので、久々に物語の世界に没頭したい気持ちもある。

それでもやはり、いまはサッカーの練習に集中したい気持ちのほうが強かった。

やる気に満ちているのはもちろんのこと、実際に入部してみて自分の実力がまだまだだということを思い知ったため、少し焦《あせ》りを感じていたのだ。

とはいえ、水希個人の要望でチームの方針が変わるわけでもない。

しかたないので自主練習でもするかと、そう妥協しようとしていたところ——思わぬ人物から救いの手が差し伸べられることになった。

「わたし、休みの間もクラブチームのほうで練習するけど、よかったら下野《しもの》君も参加する？」

声をかけてくれたのは今朝丸《けさまる》だった。

なんでも今朝丸は、部活とは別にクラブチームにも所属しているらしく、部活が休みの期間はそちらの練習に専念するらしい。

水希にしてみれば渡りに船だ。当然、断る理由はない。

そうして迎えた五月三日。憲法記念日。

今朝丸に連れられ、水希は期待を胸にクラブチームの練習場を訪れたわけだが——

「…………」

言葉が出ないのは、初めて踏み入る芝のグラウンドに感動したから——ではない。
その理由は——広い青空の下でもなお姦《かしま》しい、黄色い声の持ち主たちにあった。

「見て、トレシュー新調しちゃった」

「やだ〜、また足太くなっちゃったよ〜」

「日焼け止め忘れた〜、誰《だれ》か貸して！」


「——女子チームじゃねえか！」

グラウンドに集まっているメンバーは、誰も彼もが女子ばかりで、男子の姿はひとりも見つけられない。

まごうことなき、女子サッカーチームだ。

「あれ？　言ってなかったっけ？」

しれっと言ってみせる今朝丸だが、事前の説明は間違いなくなかった。水希は不満も露《あら》わに反論する。

「聞いてない！」

「まあまあ。サッカーするのに変わりはないんだし！」

「そういう問題じゃなくてだな……！」

そう、一番の問題は気持ち以前のところにある。

興奮を抑えながら、水希は冷静に問題点を指摘してみせる。

「男子が女子チームの練習に参加しちゃマズいだろ？」

いくら三日間限定とはいえ、男子が女子チームの活動に参加するなんて、普通に考えたら問題大ありだ。

すると今朝丸は、たしかに！　とお気楽な調子で頷《うなず》くや、とんでもない解決策を提示してきた。

「じゃあ、女の子の振りでもする？」

「は？」

「ほら、下野君って結構かわいい顔してるし？　下の名前も女の子っぽいじゃん？　ジャージで体型隠せば、ワンチャンごまかせそうじゃない？」

「…………」

「うそうそ！　冗談だってばー！」

思い切り睨《にら》みつけてやると、今朝丸はすぐに態度を翻《ひるがえ》した。

「ちょっとコーチに確認してくるね！　しばし待たれよ！」

言うが早いか、指導者の元へ駆けだしていく今朝丸。

半分呆《あき》れながら見守っていると、やがてこちらを振り向き、大きな声で成否を伝えてくる。

「参加してもいいって～！」

「…………」

ひとまず許可を得られたのはいいが――これから三日間、女子の園に交じって一緒に汗を流すことを思うと、どうしても抵抗感は禁じ得ない。

しかし、ここまで来たら、もう後には引き返せないのも事実だ。

「挨拶《あいさつ》するから～！　こっち来て～！」

「……わかった、いまいく！」

なるようになれだ。

行き当たりばったりな今朝丸を見習って覚悟を決めると、水希は青々としたグラウンドに一歩を踏み出した。


女子に交じってプレーすることに、最初こそガチガチに緊張していた水希だったが、それはすぐに解消することができた。

おおらかなチームメンバーたちに歓迎してもらえたおかげなのだが――厳密に言えば、そもそも緊張する余裕がなかったのだ。

――はえぇ！

基礎練習のひとつである、三対一でのボール回し。

部活でもよくやる練習メニューのため、水希も要領はわかっているつもりなのだが……いかんせんプレーのスピードが速すぎる。

女子といえど、さすがクラブチーム所属の選手たち。中高生の合同チームということもあり、全体のレベルはかなり高いようだ。

周りが涼しい顔でこなしているなか、初心者の水希はついていくのが精一杯。おかげでミスを連発してしまう。

「よいしょー！」

「くっ……！」

トラップが大きくなったところ、守備役の今朝丸が猛然と詰めてきてボールを奪われてしまった。

何度目かもわからないミスに、水希はたまらず下を向いてしまう。

「ふっふっふ。まだまだだな、新入りの水希ちゃん！」

「じょ、女子扱いするな！」

とっさに言い返す水希だったが、これは今朝丸なりのフォローだったかもしれない。

その後、交代した守備役では、持ち前の俊敏性を活かしてそこそこの動きを披露するも、やはり攻撃側に回ると技術不足が歴然で、またしても自分のミスで練習を止めてしまう。

「くそ……！」

「ドンマイ、ドンマイ！」

「ふふ。がんばれ～」

初心者のお粗末なプレーにも嫌な顔ひとつせず、逆に励ましてくれる今朝丸とグループメンバー。

寛大な心に痛み入る限りだが、自分のせいで練習の効率が下がってしまっているのはまぎれもない事実だ。


「――ねぇ、きみ」


だからこそ、もうひとりのグループメンバーから文句を言われてしまっても、水希には反論する余地などとてもなかった。

「基本の止める蹴《け》るすらできてないじゃん。どういうこと?」

静かな怒気をはらんだ声でそう言うのは、艶《つや》やかなショートカットをセンター分けにした、いかにもスポーツ少女然《ぜん》とした女の子。

自己紹介のときに聞いた名前は――確か魚見《うおみ》と言ったか。

背丈は自分と変わらない程度で、見た目こそ幼く見えるものの、一学年上の中学三年生らしい。

「そんなレベルで練習参加されちゃ、こっちが迷惑なんだけど」

「っ……す、すんません」

不快な感情を率直に伝えてくる魚見。

年上ということもあり、水希は余計に恐縮してしまう。

「まあまあ、うおみん！　下野君、まだサッカー始めたばかりだからさ。大目に見てやってよ、ね？」

「……練習の邪魔だけはしないでよ」

今朝丸の仲裁でなんとかこの場は収まるも、微妙なしこりを残したまま練習は続く。

その後、四対四でのミニゲームをすることになったところで、水希はまたしても魚見から小言を頂戴する羽目になってしまった。

「ちょっと、きみ」

「は、はい」

「ミニゲームだからって、手を抜かないようにね。練習から勝ちにこだわらないと上手《うま》くなんかなりっこないから」

「う、うす」

「初心者でも、フィールドに立つ限りはひとりの選手だから。技術がないなら技術がないなりに、自分ができることを考えてプレーすること。いい？」

「りょ、了解っす」

表面上は素直に従いつつも、水希は内心で舌を出してみせる。

――偉そうに……！

だが、魚見の言い分にも一理ある。初心者であることを言い訳にせず、自分ができることを精一杯やるべきだろう。

そうして始まったハーフコートでのミニゲーム。

フォワードのポジションに入った水希は、いま自分がやれること、すべきことを考えた結果、まずは守備に全力を注《そそ》ぐことにした。

「いいよ！　ナイスチェイス！」

今朝丸のかけ声にも背を押され、水希は前線から積極的にプレスをかけていく。

もちろんそう簡単にボールを奪わせてもらえないが、プレッシャーをかければ相手のプレーにも余裕はなくなってくる。

そして、余裕のないプレーからは、とかくミスが生まれるものだ。

「いただき！」

苦し紛れに出された相手のパスを、中盤の今朝丸がカットする。

「うおみん！」

そのままボールを奪取すると、同じく中盤でコンビを組む魚見へとパスを出した。

――よし、次は……！

攻撃だ、と意識を切り替えた水希は、まず冷静にフィールドを見渡す。

サッカーはボールを持っていない《オフ・ザ・ボール》ときの動きが重要だと言われているが、それはバスケットにも通じるところ。

かつてコートで磨いた視野の広さを活かし、空いたスペースを見つけると、水希はそこに向かって即座に走り込んだ。

「へい！」

サイドから中央付近へ、斜めに横切るよう走りながら、片手を上げてパスを要求する。

まさか初心者が斜めに走り抜ける《ダイアゴナルラン》動きで裏に飛び出すとは思ってもみなかったようで、完全に相手の意表を突くことができた。

しかし意表を突かれたのは味方も同様だったらしく、魚見からのパスは若干タイミングが遅れてしまう。

「コース切って！」

詰めてくる相手選手の気配。

「ディフェンス寄ってる！　シュート！」

耳をつんざく今朝丸からの指示。

久々に肌で感じるひりひりとした勝負の空気に、心臓がバクバクするほどの興奮を感じながら、水希はシュート体勢に入る。

腕を開いて勢いをつけると、軸足をしっかり踏み込み――ボールの重心を狙《ねら》って、思い切り右足を振り抜く！

「おお――！」

インステップキックで放たれた強烈なシュートは、勢い良くゴールへと飛んでいき――

「おお――？」

――その勢いのままクロスバーを飛び越え、フィールドの外、はるか彼方《かなた》へと消えていった。

「あっはっは！　ナイスホームラン！」

「うぐっ……！」

今朝丸含め、敵味方から笑われる結果になってしまい、水希は肩身が狭い思いだ。

「す、すんません。せっかくのパスを……」

これには魚見もさぞやがっかりしているだろうと、また小言をもらう覚悟で恐る恐る謝ってみるが、

「……動き出しはよかった」

意外にもお咎《とが》めはなく、むしろ褒め言葉をもらうことができた。

「あ、あざっす……」

第一印象は厳しくて怖い先輩だったが、どうやら理不尽に後輩を叱りつけるような人でもないらしい。

ほっと胸を撫《な》で下ろした水希は、次こそは決めてやるぞと、失敗は忘れて前向きにプレーへ戻った。

第８話　付き合ってあげようか

女だらけの集団において、男子中学生という存在はそれだけで物珍しいらしい。

特に年上からの受けは良く、練習終了後の帰り道、水希《みずき》は女子高生組に取り囲まれ質問攻めにあっていた。

「へ～。じゃあ、サッカー始めてまだ一か月も経《た》ってないんだ」

「そっすね」

「でもすごい動けてたよ～。前になにかスポーツやってた？」

「バスケやってました」

「彼女はいるの～？」

「い、いません」

「え～。じゃあじゃあ、このなかで付き合うなら誰《だれ》がいい～？」

「……わ、わかんないっす」

水希の初心なリアクションに、きゃあきゃあと色めき立つ女子高生たち。

年上の異性との会話は姉相手で慣れているとはいえ、ここまで多勢に無勢だとさすがに手に余る。

助けを求めて今朝丸《けさまる》のほうへ視線を向けるも、

「おっほっほ。お姉様方に大人気ですな」

逆に茶々を入れられてしまう始末で、どこにも逃げ場はないようだ。

――勘弁してくれよ……。

内心ほとほと困り果てるも、練習に参加させてもらっている立場で文句は言えない。

水希は諦《あきら》めの境地で、乗りたくても乗れない自転車を押しながらとぼとぼと歩く。

と、自販機の前を通りがかったところで、女子高生組のひとりが「待って」と声を上げた。

「喉《のど》渇いちゃった」

「あ、この炭酸のやつおいしかったよ！」

「わたしも飲む～」

ひとりが自販機で飲み物を買い求めるや、それを皮切りに他の面々も群がっていく。

水希もしかたなく立ち止まると、側《そば》にいた女子高生が財布片手に言ってきた。

「水希君も飲む？　おごるよ！」

「い、いや、だいじょぶっす」

「遠慮しなくていいのに～」

断ったはずなのに、女子高生は水希の分まで硬貨を投入してしまう。

「じゃあ、あの、お茶のほうで……」

「お茶でいいの？　控えめだな～」

「あ、あざっす」

よく冷えたペットボトルのお茶を受け取り、礼を言う水希。しかしその胸の内は戦々恐々だ。

──まさかこのままダべる気じゃ……。

「あ～あ、今年のゴールデンウィークもまるまる練習か～」

「言うな言うな。余計むなしくなる」

「ボールが恋人だもんね、うちらは……」

案の定、立ち止まってお喋《しゃべ》りを始めるサッカー女子軍団。

これは長くなりそうだと察知した水希は、即座に手を打つことにした。

「あの、すみません、このあとちょっと寄りたいとこあるんで……」

「そーなんだー。もっとお喋りしたかったのに、残念」

「明日も来るんだよね？　待ってるね～」

「さーせん、お先です！」

きちんと挨拶《あいさつ》を済ませ、自転車にまたがると、最後に今朝丸と魚見《うおみ》にも声をかける。

「悪い、今朝丸。先いくわ」

「ういうい～、おつかれ～！」

「魚見さんも、おつかれっす」

「……おつかれさま」

ペダルを勢い良く踏み込み、颯爽《さっそう》とその場を後にする水希。

やっとのこと解放されて気が緩みそうになるが、寄りたいところがあると言ったのは事実なので、気を抜くにはまだ早い。

そのまま立ち漕《こ》ぎで自転車を飛ばし、あらかじめ目星をつけていた公園へと向かう。

「よし……誰もいないな」

このあたりでは希少な、壁当てスポットがある公園。

まだ日は落ちていないものの、連休で出掛けている人たちが多いのか、他の利用者の姿は見つからない。

自主練習するにはうってつけの環境だ。水希は自転車のカゴから5号球のサッカーボールを取り出すと、さっそく壁当てを開始した。

「くそ……やっぱり難しいな」

ミニゲームで盛大にやらかしてしまったインステップキック——足の甲で蹴《け》るキックだ——を重点的に蹴り込むが、どうしてもシュートをふかしてしまう。

何度繰り返してもコツが摑《つか》めず、なかなかコントロールが安定しない。そのうち上に大きく外してしまい、高く跳ね返ってきたボールを後ろにそらしてしまった。

「やべ」

追いかけるため慌てて振り向くが――水希の足はそこでぴたりと止まる。

なぜなら、いつのまにか背後に立っていた人物がボールを受け止めてくれていて、追いかける必要がなかったからだ。

「え……？」

こちらをじっと見つめる、気の強さをうかがわせる黒目がちな瞳《ひとみ》。

小柄な体躯《たいく》を紺色のサッカーウェアに包んだ姿は、いましがた目にしたばかりなので見間違いようがない。

「う、魚見さん……？」

「軸足が突っ張りすぎ」

突然現れた魚見は、ボールを投げ返しながらぶっきらぼうに言う。

「そのせいでキックがすくい上げる軌道になってる。だからふかしちゃうんだよ」

「は、はあ……」

「助走でつけた勢いのまま、振り抜いた右足を前に投げ出す感覚を意識してみて。そうするとライナー性のボールが安定して蹴れるから」

「な、なるほど……」

殊勝に頷《うなず》く水希だったが、突然のことに内心は混乱状態だ。

ひとまず練習に戻り、少し心を落ち着けてから、改めて口を開く。

「あの、魚見さんも練習しにきたんすか?」

「……きみさ」

しかし魚見は取り合わず、逆に質問を投げかけてきた。

「さっき、なんでお茶にしたの?」

「え?」

「みんな炭酸飲んでたじゃん。なんで? 飲みたくなかったの?」

「いや……そりゃ飲みたかったっすけど」

なんでこんなことを聞いてくるんだろう。不審に思いながらも、水希は正直な気持ちを答える。

「少しでも体力、つけたいんで。練習後に炭酸とか、甘いジュース系のやつ飲むのは、できるだけ控えてるんです」

「……ふ〜ん」

それだけ呟《つぶや》くと、魚見は口をつぐんでしまった。

「……?」

意図も、感情も読めない言動に、水希はますます混乱してしまう。

「練習、続けなよ」

「う、うす……」

どうやら話はこれで終わりらしい。

理由を尋ねたい気持ちはややまだったが、第一印象で抱いてしまった〝刺々《とげとげ》しい女子〟というイメージに萎縮してしまい、どうしても自分から声をかけることができない。

結果、水希は言われた通り練習に戻るしかなかった。

——右足を前に、だったっけか。

さきほどもらったアドバイスの内容を思い出しつつ、再びボールを蹴り出す。

最初こそぎこちない動きだったが、人に見られることで逆に身が引き締まったのかもしれない。

ほど良い緊張感のなか練習を続けていると、さっそくアドバイスの効果が出てきたようで、次第に弾道の低いシュートを安定して蹴れるようになってきた。

「だいぶ良くなってきたじゃん」

「はいっ、魚見さんのアドバイスのおかげっす！」

強いシュートをイメージ通り蹴れる気持ち良さに、水希の声も自然と弾《はず》む。

思わず笑顔で振り向くと、魚見と目線がばっちり合ってしまった。

「っ……」

驚いたのか、少しだけ目を見張る魚見。

直後にはぷいと視線をそらし、焦《あせ》ったような早口で言ってくる。

「ま、きみの場合はまず、止める蹴るを先に練習したほうがいいと思うけどね」

止める蹴る――サッカーの基礎だ。

やはりどんなスポーツであれ、基礎を疎《おろそ》かにして上達は望めないということらしい。

「どういう練習が効果的ですかね？」

「そうだね……壁当ても悪くないけど、やっぱり対面パスが一番いいかな」

「対面パス……」

その名の通り、二人一組で対面になって行うパス練習。日頃から部活でも散々やっているメニューだ。

できれば個人で実践できるものを教えてもらいたかったが、やはりひとりでの練習には限界があるということか――

「練習、付き合ってあげようか」

「え？」

突然の申し出に、水希は呆気《あっけ》に取られてしまう。

「い、いいんですか……？」

「どうせわたしも自主練するつもりだったしね。ふたりでやったほうが効率いいでしょ」

「………」

素人目に見ても、魚見はかなりのサッカー上級者だ。

そんな彼女が練習に付き合ってくれるなんて、初心者の自分からしたら願ってもないこと。

しかし――

「でも、初心者相手じゃそっちの練習にならないんじゃ……」

ここのところ女子と会話する機会も増えてきたとはいえ、水希はまだまだ異性への苦手意識を克服できたわけじゃない。

それに、魚見のような気の強い女子は、正直言って苦手な部類だ。集団の一員としてならまだしも、サシで接するとなると、抵抗はどうしたって禁じ得ない。

「なに？　わたしのこと、苦手なわけ？」

「うぇ⁉」

図星を指されて、すっとんきょうな声を上げる水希。

やたら眼力のある瞳で睨《にら》みつけられ、ますます動揺してしまう。

「そ、そういうわけじゃなくて……」

慌てて弁解しようとするが、魚見の態度はふりだけだったようだ。

一転して柔らかく微笑《ほほえ》むと、年上らしい余裕を見せつけてくる。

「安心してよ、優しく教えてあげるからさ」

「っ～……」

いやらしい意味じゃないとわかっていても、年上の女の子からこんな台詞《せりふ》を言われてしまったら、どうしたって胸にぐっときてしまう。

「……じゃあ、あの」

あくまで練習のため、やましいところはひとつもない。そう内心で言い訳しながら、水希はぺこりと頭を下げた。

「……よろしくお願いします」

「こちらこそ、よろしく」


最初こそどうなることかと思った女子チームでの練習も、気づいてみれば最終日。

最後の総決算として、コーチの粋《いき》な計らいで紅白戦のスタメンに選ばれた水希は、ブルーのビブスを着用しフィールドを走り回る。

「はっ……はっ……！」

試合はまだ前半だが、この三日間チームでの練習に加えて、魚見との自主練習もみっちりやっていたため、体はすでにへとへとだ。

それでも初心者の自分がチームに貢献するためには、とにもかくにも必死に走るしかない。

水希は気合いで足を動かして、前線から積極的に守備参加していく。

「うお〜！　狩るぜ狩るぜ〜！」

と、その姿勢が周りにも影響を与えたのか、同じフォワードのポジションに入った今朝丸も、水希に負けじとボールを追っていく。

すると、ふたりがかりでのハイプレスに相手も動揺したようだ。

追い詰められた相手ディフェンダーが、たまらずゴールキーパーへとボールを戻す。

そこにもすかさずプレッシャーをかけると、キーパーは安全を優先して、ボールを大きく前に蹴り出してクリアした。

そのままボールは自軍選手に渡り、攻守は逆転。

数本のパスを経由して、中央のミッドフィルダー――司令塔の魚見へとボールが収まる。

「中学生に負けるなよ！」

コーチからの檄《げき》に、高校生組のひとりが猛然と魚見に迫っていく。

しかし魚見は冷静だった。

鋭いダブルタッチで相手をかわすと、そのままドリブルでフィールドを駆け上がっていく。

――かっけー……！

中学生ながら存在感を出す魚見のプレーに、水希は思わず見とれてしまう。

しかし存在感でいえば、こちらの選手も負けてはいなかった。

「パスパァァァス！」

大音声でパスを要求する今朝丸。

その存在感に相手ディフェンダーも警戒するが――一方への注意は、もう一方への不注意を生じさせるものだ。

「下野《しもの》君！」

フリーになった水希へと、魚見からパスが供給される。

――きた……！

グラウンダーでのパスが、真《ま》っ直《す》ぐ自分に向かってくる。

それと同時、相手ディフェンダーが迫ってきている姿を、水希は視界の端に捉《とら》えた。

ここで下手なトラップをすれば、あっと言う間にディフェンダーが寄せてきて、攻撃のチャンスはたちどころに消えてしまうだろう。

水希は疲労も忘れるほど集中し、右足のインサイドでパスを受け止める体勢に入る。

――よし！

偶然か、それとも練習の成果か、ボールは完璧《かんぺき》に足下へ収まった。

すぐに前を向いて、そのままドリブルでペナルティエリアまで進入していく。

「パスぅう！」

「撃たすな！」

今朝丸と、相手キーパーの声は、もはや耳に届いていなかった。

シュート体勢に入った水希は、自分の体だけに意識を集中させる。

――右足を前に、投げ出すように……！

初日のミニゲームでやらかしてしまった、インステップキックでのシュートは――今度こそジャストミートした。

低い弾道で、ボールは勢い良くゴールへと向かっていく。

が、しかし。

「ナイスセーブ！」

運悪くキーパーの正面をついてしまい、渾身《こんしん》のシュートはあえなく阻止されてしまった。

――くそ……！

手応えがあっただけに、水希は顔を歪《ゆが》めて悔しがるが――まだプレーは終わっていない。

「ボールまだ生きてるよ！」

シュートは止められたものの、キーパーはボールを弾《はじ》くだけで精一杯だったようだ。

フィールドに転々と転がるボール。

それを見逃さず、猛然と詰め寄る選手の姿が。

「だっしゃらぁ！」

今朝丸だ。

ディフェンダーがファウル気味に体を当てて止めようとするも、今朝丸は倒れない。

重戦車さながら強引《ごういん》に前へ出ると、フィニッシュだけは冷静に、こぼれ球をゴールネットの隅へ流し込んだ。

ピーッと、ゴールを認めるホイッスルが、音も高らかに鳴り響く。

「まる子ー！」

「よく詰めた！」

「ほんと倒れないねぇ、あんた！」

「ぬっはっはっは！　もっと褒めてくれ～！」

歓喜の輪を作る青ビブスの仲間たち。

水希も気持ち的には加わりたかったが、密集する女子のなかに飛び込んでいけるような度胸はなく、指をくわえて遠目から見守ることしかできない。

なにより自分でシュートを決めきれなかったことが悔しくて、どうしても素直に喜びを分かち合う気になれなかった。

「――うわっ！」

不意に誰かからお尻《しり》を叩《たた》かれて、水希は驚きに飛び上がる。

見れば、いつのまにか魚見がすぐ側まで近寄ってきていた。

「シュートおしかったね。でも、ちゃんと枠にはいってたよ」

「ど、どもっす……」

「その前の受ける動きもよかった。練習の成果が出せたね」

「いや、あれは……パスがよかったからっす」

「あはは、謙遜しやがって！」

得点に興奮しているのか、魚見のテンションは高い。

水希の髪の毛をぐしゃぐしゃとかき混ぜ、手荒く称賛してくる。

「ちょ、や、やめ……！」

「またパス出すから。次は決めなよ！」

「……うす、決めます！」

威勢良く応《こた》える水希だったが――結局その後、自分で得点を決めることはできず、スタミナ切れで後半途中に交代となってしまった。

結果を出せなかったことは悔やまれる一方、サッカーというスポーツのおもしろさ、その醍醐味《だいごみ》を味わえたような気がして、水希は確かな収穫を得て三日間の日程を終えるのだった。

第9話　笑われるような努力

「……はぁ」

夕暮れ時の公園。

重たい体をベンチに預けると、水希《みずき》は天を仰《あお》いでため息を吐いた。

――さすがに疲れたな……。

紅白戦で体力を使い切り、今日ぐらいは自主練を休もうと思っていたのに、「練習は疲れてからが本番」という魚見《うおみ》の持論から、結局こんな時間まで練習に付き合わされてしまった。

こりゃ明日は絶対に筋肉痛だなと、倦怠《けんたい》を伴った充実感に浸っていると、

「おまたせ」

飲み物を買いに出ていた魚見が戻ってきた。

両手にそれぞれ持ったペットボトルのスポーツドリンク、その片方を手渡してくる。

「あ、お金払います」

「いいよ。おごり」

「あ、あざっす。いただきます」

さっそく口をつけると、スポドリ特有の甘塩っぱさが、渇いた体に染み渡る。

「うま……！」

「ふふ。いい飲みっぷりだ」

スポドリに夢中になる水希を微笑《ほほえ》ましく見つめながら、魚見はベンチに腰を下ろした。

そうして自分の分のスポドリに口をつけつつ、落ち着いた声で言ってみせる。

「三日間、おつかれさまだったね」

「はい。短い間でしたけど、お世話になりました」

真面目《まじめ》に感謝の気持ちを伝える水希。

すっかり打ち解けた様子の魚見は、冗談めかした返事を寄越《よこ》してくる。

「なんなら、このまま正式に入団しちゃってもいいんだよ？」

「いや、おれ男なんで……」

「え？　きみ、男の子だったの……？」

「……ふざけてますよね」

「あはは、ごめん」

にこやかな表情を浮かべる魚見。

えくぼがチャーミングなその笑顔に、初対面で感じた刺々《とげとげ》しさは見て取れない。

――笑うと結構かわいいな……。

「っ……ん、んんっ……」

「どうしたの?」

「いや、なんでも……ちょっとむせただけです」

笑うとかわいく見えるなんて、そんなの女子全員に言えることだ。

そう内心で言い訳すると、水希は雑念を払うよう、再び感謝の言葉を口にした。

「あの、魚見さん」

「うん?」

「練習付き合ってもらって、ありがとうございました。おかげでかなり上達できたっす」

「下野《しもの》君が自分でがんばった成果だよ。わたしは大したことしてない」

「そんなことないっす。めちゃくちゃ勉強になりました」

実際にこの三日間、チームで学んだことよりも、魚見との自主練で学んだことのほうが多かったように思える。

「そ、そうかな? だったらいいんだけど」

率直な感謝の言葉に、魚見もどこか照れくさそうだ。

「でも、下野君はひとりでやってても、いずれ上手《うま》くなってたと思うよ」

「おれ、そんな才能ないっすよ」

「ううん、そんなことない」

そこでいったん居住まいを正すと、魚見は真剣さを増した口調で話を続ける。

「初日の練習後にさ、きみ、炭酸飲まなかったじゃん」

「え？　……あぁ、お茶おごってもらったときの話っすね」

「うん。――わたしそれ見て、あ、この子は上達するなって思ったもん」

「そんなことで……？」

水希は思わず怪訝《けげん》な表情を浮かべる。

少しでも体力をつけたいという理由から取った行動だったが、努力以前の些細《ささい》な心掛けに過ぎず、それだけで期待されてしまうのは逆に不気味だった。

「わたし、尊敬してるプロサッカー選手がいるんだけどさ」

しかし魚見には確たる理由があったようで、その訳を滔々《とうとう》と語ってみせる。

「その人、いまでは日本代表にも選ばれるくらい有名な選手なんだけど、学生時代は全然芽が出なくて、サッカー浪人してやっとプロになれた苦労人なのね」

「へえ」

「その人がさ、昔テレビで、どうして全くの無名から日本代表に選ばれるぐらいの選手になれたんですかーってインタビュー受けてたとき、こんなふうに答えてたの」

大切な言葉なのだろう、魚見は一段と丁寧に言葉を紡《つむ》ぐ。

「――『学生時代、練習終わりにチームメイトたちが甘いジュースを飲んでいるなかで、自分ひとりだけ水を飲んでいた。そういう小さな努力が積み重なった結果だと思う』――って」

「………………」

なるほど。奇《く》しくもそのプロ選手と似たような行動を取っていたために、魚見は自分に期待を寄せてくれたわけだ。

魚見は続ける。

「些細なことだよ。でも、そういう些細な努力をどれだけ積み重ねていけるかが、才能なんかよりもよっぽど大事なことなんだ」

「………………」

「だから、そういう努力が自然にできるきみは、これから先もどんどん上達していくと思う」

「……おれは、そんな立派なもんじゃ……」

いくらなんでも買《か》い被《かぶ》りすぎだ。

過大評価を受け入れられず、逆に萎縮してしまう水希だったが、

「そんなことない」

続く魚見の一言は、そんな水希を心から勇気づける、とても力強い言葉だった。

「人に知られたら笑われるような努力ほど、後々になって実るものだよ」

「……！」

まさに寸鉄人を刺す。

その短い一言は、人に笑われるのが嫌で逃げ出した過去の自分に、とどめを刺すためには十分すぎるほど鋭かった。

「だから……ええと……これからも変わらずにがんばってね。以上！」

「あ、は、はいっ」

「ごめん、なんか説教臭くなっちゃった」

「そ、そんなことないっす！　すげえいい話でした」

「へへ、そうかな……」

話し込んでいるうちに、すっかり日も陰ってきた。

いい頃合《ころあ》いだと、水希は腰を上げる。

「さーせん、そろそろ」

「あ、うん……」

「おつかれっした！　それじゃ――」

「ちょ、ちょっと待って」

自転車をこぎ出そうとした直前に呼び止められて、水希はサドルにまたがったまま首を振り向けた。

「なんすか?」

「あのさ……。チームでの練習は、今日で終わりなわけなんだけど……」

視線をそらしたまま、魚見はどこか遠慮がちな口調で続ける。

「ほら、ひとりでやるとやっぱり限界があるし……、こっちとしても、人に教えるなかで学べる部分もあるからさ……」

申し開きのように前置きすると、魚見はそこでやっと顔を上げて、水希の目を真《ま》っ直《す》ぐ見つめながら言った。

「だから……下野君さえよかったら、これからも一緒に自主練しない?」

「え……」

「む、無理にとは言わないよっ。部活も忙しいだろうし」

戸惑う気持ちが顔に出てしまったらしい。

ぎこちない笑いを浮かべながら、魚見が遠慮深く言ってみせる。

「ぜんぜん、嫌だったら、断ってくれても……」

言葉尻に向かうほど弱気になっていく魚見の口ぶり。

この三日間の間で初めて見せる、弱々しくも庇護《ひご》欲を刺激されるその姿に、水希も思わずほだされてしまった。

「い、嫌なんかじゃないっす!」

「……ほんと？」

「っ……」

上目遣《うわめづか》いの視線に男心をくすぐられながらも、水希は冷静に気持ちを整理する。

自主練はどうせやるつもりだったし、効率を考えるなら練習パートナーは絶対にいたほうがいい。

それが魚見ほどの上級者なら、なおのことうってつけだ。

向こうもあくまで練習相手として誘っているだけ、変な勘違いをするな――そう自分に言い聞かせると、水希は努めて冷静な態度で答えた。

「はい。おれなんかでよければ、いつでも練習付き合います」

「……そ、そっか。……よかった。ありがとう」

ほっと息を吐き、安堵《あんど》に表情を緩める魚見。

向こうも向こうで、男子を誘うことに緊張していたのかもしれない。

年上の女子がふと見せたいじらしい仕草に、水希の胸はどうしてもときめいてしまう。

「じゃ、連絡先交換しよっか」

「は、はいっ。――……」

どきどきしながら連絡先を交換する最中、なにかやましいことをしている感覚が不意に水希を襲う。

――一緒に練習するだけ、それだけだ……。

弁明するような内心での呟《つぶや》きは、果たして誰《だれ》に向けたものだったのだろう。

なんにしても、正体不明の後ろめたさが、それで完全に消えてくれるわけでもなかった。

第10話　だめかな？

三連休明けの平日。

世間的にはまだゴールデンウィークの最中ということもあり、朝練は控えようと思っていた水希《みずき》だったが、結局は日が昇りきる前に家を出ていた。

というのも、高瀬《たかせ》から「朝練いくよね？」と催促するメッセージが送られてきて、ついつい二つ返事で応《こた》えてしまったのだ。

クラブチームの練習でたまった疲労に体は重かったが、約束してしまったものはしょうがない。

眠たい目をこすりながら待ち合わせの児童公園に赴くと――疲れているのは自分だけじゃないことを知る。

「……すぅ……」

「……寝てるし」

ベンチに体を預けて、気持ち良さそうに居眠りしている高瀬。

無防備すぎるその姿に、水希はやれやれと呆《あき》れてしまう。

――イタズラでもされたらどうするんだ……。

朝とはいえ、まだまだ人気の少ない時間帯。

寝息に上下する豊かな胸元《むなもと》に魔が差し、過ちを犯してしまう愚かな人間がいないとは言い切れない。

「…………」

言い切れない。

「……おい、起きろ」

「んぅ……」

声をかけても、高瀬はなかなか目を覚まそうとしない。

しかたなく肩を揺すると、ようやくまぶたを開けてくれた。

「……ふぁ……あ、おはよ～」

「おはよ～、じゃねえよ……」

あっけらかんとした高瀬の態度に、ついつい小言が口をついてしまう。

「こんなところで寝るとか……警戒心がないのか、おまえは」

「えへへ、ごめん。ついうとうとしちゃって」

笑ってごまかしながら、高瀬はすっと立ち上がった。

「いこっか」

「あぁ」

お互いすっかり慣れた調子で、ふたりは肩を並べて歩き出す。

そうして会話の口火を切ったのは、いつも通り高瀬からだった。

「なんか久しぶりだね」

「そうか？」

「そうだよ～。三日も会ってなかったもん」

「…………」

水希にとっては「三日しか」だったが、高瀬にとっては「三日も」という感覚らしい。

自然とニヤつきそうになる顔を必死で我慢していると、高瀬が次の話題を振ってきた。

「サッカークラブの練習、どうだった？」

「……あ～」

今朝丸《けさまる》に誘われてクラブチームの練習に参加したことは、高瀬にも事前に伝えてある。

とはいえ、女子チームだったことは教えていない――そもそもその時点では水希も知らなかった――ので、そこだけは伏せておこうと、水希は言葉を慎重に選びながら答えた。

「キツかったけど、その分いい練習にはなったと思う」

「お～。やっぱり部活とはひと味ちがう感じ？」

「ん～……。練習メニュー自体にそこまでちがいはないけど、とにかくテンポが速かったな」

クラブチームでの練習は、とにかく効率的という印象が強かった。

例えば練習中にボールが外に出てしまっても、コーチがすぐに新しいボールを供給してくれたりと、中弛《だる》みしない取り組みが随所に感じられた。

「あ、でも、上下関係の緩さは部活と全然ちがったかも。中高の合同チームだったんだけど、みんな友達みたいな関係で仲良くてさ。年上相手にも普通にタメ語で話してた」

上下関係に厳しい体育会系の部活動では、まずありえない光景だ。

文化系とは名ばかりの吹奏楽部に所属する高瀬も、さぞや共感してくれるに違いない。

と、思っていたのだが――

「ふ～ん」

なんとも気のない返事。

興味がない――わけじゃなく。どうやら高瀬の興味は、もっと別の部分にあったようだ。

「じゃあ下野《しもの》も、高校生のお姉さんと仲良くなれたんだ？」

「は⁉」

女子チームだったことは間違いなく教えていない。

どうして知っているんだと、驚愕《きょうがく》の表情で訴える水希に、高瀬はあっさりと種を明かす。

「女子のチームだったんでしょ？　今朝丸さんからＬＩＮＥで教えてもらったの」

――あ、あいつ……！

口止めしていないとはいえ、余計なことをしてくれたものだ。

おまけに内情も詳しく伝えていたらしく、高瀬がそれをネタにして、ここぞとばかりにイジり倒してくる。

「下野、高校生のお姉さんたちにモテモテだったらしいね？」

「ち、ちがっ……！」

「よかったね～。ゴールデンウィークに楽しい思い出ができて」

「ご、誤解するな！　練習しかしてないっつの！」

必死に言い訳する水希。

やましいところはひとつもない――とも言い切れず、つい探り探りに尋ねてしまう。

「……今朝丸のやつ、他になにか言ってたか？」

「他にって？」

「……いや、なんでもない」

どうやら魚見《うおみ》との関係については知られていないらしい。

別にそれにしたって、なんら咎《とが》められるものでもないのだが……なんとなく高瀬には知られたくないので、できればこの先も隠し通したいところだ。

そうやって水希がひとり後ろめたさを感じていると、高瀬が不意に話題を変えてきた。

「サッカーって、やっぱり難しい？」

「まあ……そりゃな。手を使っちゃいけない球技なんて他にほとんどないし」

「そうだよね～。うんうん」

どこか芝居がかった感じで、しきりに頷《うなず》いてみせる高瀬。

「なんだよ？」

怪訝《けげん》に思った水希が真意を質《ただ》すと、高瀬はおずおずと本題を切り出した。

「……実は下野に、ちょっとお願いがあるの」

「お願い？」

「今度、球技大会あるでしょ？」

球技大会。たしか来週あたりに予定されていたはずだ。

「それでわたし、キックベースに参加することになったんだけど、あんまり自信なくって」

「…………」

「それで、クラスのみんなに迷惑かけたくないし、ちょっと練習しておこうかな～って思ってるんだけど――下野、よかったら練習付き合ってくれない？」

「お、おれが？　なんで……？」

急な頼みごとに驚いていると、高瀬がさらに殊勝な態度を見せてきた。

「だめかな……？」

「だ、だめじゃないけど……」

女子からのお願いに悪い気はしないが、どうしても躊躇《ちゅうちょ》してしまう。

「今朝丸とかに教わったほうがいいんじゃないか……」

あいつのほうが上手《うま》いし、女子同士のほうが気兼ねないだろうと。

より相応《ふさわ》しい案を提案するも、高瀬は頑《かたく》なだった。

あくまで水希に教えを乞いたいと、言葉に熱を込めて訴えてくる。

「こ、こっそり練習して、当日驚かせたいのっ」

「そ、そうか……」

自分もコソ練を好むほうなので、高瀬の言い分はわからないでもない。

「それって、ふたりだけでやるのか……？」

「う、うん……」

「……ゆうておれも初心者だけど、それでもいいのか？」

「うんっ」

「…………」

魚見との練習がやましいものでないのなら、これもきっとそうだ。

水希はそうやって自分を説得すると、小声で返事を伝えた。

「……なら、まぁ……いいけど」

「ほんと⁉　やった～！　ありがとう～！」

喜びに小躍りする高瀬。

無邪気な仕草に男心を刺激され、魚見のとき同様、水希は胸をどきどきさせてしまうが

――どうしてだろう、あのときのような後ろめたさは感じず、そこだけが不思議でならなかった。

第11話　トーキック

ゴールデンウィークも終わりに差しかかった、雲ひとつない快晴の土曜日。

水希《みずき》はサッカーボールを詰めたリュックを背負い、とある場所に赴いていた。

瀟洒《しょうしゃ》な建物が立ち並ぶ、山の手の高級住宅街。

そのなかでもひときわ目立つ、二階建ての一軒家の前で立ち止まると、あまりに立派な門構えに思わず圧倒されてしまう。

――豪邸だ……。

念のため表札を確かめるも、そこには間違いなく〝ＴＡＫＡＳＥ〟とオシャレなフォントで刻印されていて、訪問先を間違えているわけじゃないことを教えてくれる。

そう。なにを隠そう、ここは高瀬《たかせ》の自宅。

思春期の男子なら意識せざるを得ない、同級生の女子の家だ。

もちろん勝手に訪れたわけじゃない。今回の来訪は、ちゃんと本人から招かれてのもの。

というのも、球技大会の練習をどこでやるかという話になったところで、高瀬は真っ先に自宅の庭を提案してきたのだ。

正直、住宅の庭なんかでボールが蹴《け》れるのかと心配していたが――この外観を見る限り、どうやら杞憂《きゆう》で済んだようだ。

庭は裏手にあるようで、まだ全貌は明らかになっていないものの、この分なら支障はないだろう。

「……まだ早いな」

スマホで時刻を確かめると、まだ約束した時間の三十分前。遅れないよう余裕を持って家を出てきたが、少し早く着きすぎてしまったようだ。

あまり早くに訪ねても迷惑になるかもしれない。そう判断した水希は、時間を潰《つぶ》してから出直そうと――

「あら?」

――したところで、玄関脇《わき》のガレージから姿を現した人物と鉢合わせした。

アラフォーとおぼしき中年の女性。

化粧っ気もなく、服装も部屋着丸出しだというのに、元々の整った顔立ちとスタイルの良さから、不思議と野暮《やぼ》ったさを感じさせない。

〝美魔女〟という言葉が真っ先に思い浮かぶこの女性を、水希は以前にも一度見たことがある。

先月、グループで遊びに出掛けた際、高瀬を車に乗せて送ってきた人物――間違いない、高瀬の母親だ。

「こ、こんにちは」

「こんにちは～」

とっさに挨拶《あいさつ》すると、高瀬母が優雅に微笑《ほほえ》みながら返してきた。

笑うとますます高瀬に似ていて、改めて親子なんだなと思わされる。

「下野《しもの》君ね」

「は、はい」

どうやら水希が今日家を訪れることは、すでに伝わっているらしい。

急な顔合わせに緊張してしまうが、高瀬母はあくまでにこやかに迎え入れてくれる。

「ふふ、いらっしゃい。どうぞ上がって」

「あ、でも、まだ時間が……」

「いいのよ～。お構いなく」

「あ、じゃあ、えっと、お邪魔します……」

家人がいいというのだから遠慮する必要もない。

ぎくしゃくとした足取りで門をくぐると、水希は高瀬宅へと足を踏み入れた。

外観通り広々とした玄関に圧倒されていると、高瀬母がこちらの荷物に興味を示してくる。

「あら、わざわざボール持ってきてくれたの？」

「は、はい」

「ごめんね。あの子のわがままに付き合わせちゃって」

「いや、ぜんぜん……」

「せっかくお休みだったのに。迷惑じゃなかった？」

「だ、だいじょぶっす」

「ならよかった」

にっこり微笑むと、高瀬母はサンダルを脱いで上がり框《がまち》に上がった。

水希も後に続こうとするが——玄関から正面奥、二階へと続く階段から聞こえてきた声に、思わず足を止める。


「ママ〜！」


高瀬の声だ。

普段聞いている声よりも幼い印象を受けるのは、親を相手に素顔を見せているためだろうか。

「は〜い〜」

「服がない〜！」

駄々《だだ》をこねるような娘の訴えに、高瀬母は微苦笑を浮かべる。

「ごめんね、うるさくて。少し待っててもらえる？」

「は、はい」

水希をその場に残し、二階へ向かっていく高瀬母。

階上からは相変わらず大声が聞こえてくる。

「ママ～！　ねぇ～！　どこにしまったの～!?」

「もぉ～。どの服のこと～？」

「パーカー！　ピンクの！」

「運動するんでしょ？　Tシャツ一枚でいいじゃない」

「だめ！　かわいくないもん！」

「今日暑いからやめておきなさい。それより――」

いままでの騒がしさが嘘《うそ》だったかのように、そこでぴたりと声が止《や》む。

そのまましばらく、不気味なほどの静寂が続いたかと思うと――やがてどたばたと足音を立てながら、転がり落ちるように人影が階段を下りてきた。

「い、いらっしゃい！」

「お、おぉ……」

姿を見せた高瀬の服装は、Tシャツ一枚にハーフパンツというラフなもの。どうやら例のパーカーは諦《あきら》めたようだ。

本人にしてみれば「かわいくない」らしいが、普段お目にかかれないレアな家着姿に、水希はついつい目を奪われてしまう。

「ご、ごめんね。こんなに早く来るなんて思ってなくて……」

「い、いや、こっちこそごめん。ちょっと早く来すぎた」

「えっと、じゃあ、どうしよ……」

玄関先でぎくしゃくとやり取りするふたり。

そこへ高瀬母が、ピンクの布を片手に戻ってきた。

「菜央《なお》ちゃん、はい。これのことでしょ？」

なんだかんだ言いつつもパーカーを用意してくれたようだ。

母親の親切な行為に、しかし娘は反発してみせる。

「もぉ～！　出てこないでってゆったでしょ～！」

パーカーごと母親を押し返そうとする高瀬。同級生に親の顔を見られたくないのかもしれない。

「そんなイジワルしなくていいじゃない～」

「いいから引っ込んでて！」

「え～。お母さんも下野君とお話ししたい。少しくらいならいいでしょ？」

「だめ！　向こういって！」

娘の頑《かたく》なな態度に、高瀬母も諦めたようだ。

「はいはい、わかりました」

最後に「怪我《けが》だけには気をつけてね」と言い残し、高瀬母は家の奥へと姿を消していった。

――親の前だとこんな感じなんだな……。

学校では見せない高瀬のプライベートな姿に、水希はつい物珍しさを感じてしまう。

しかし向こうにとっては恥部以外のなにものでもなかったようで、その横顔には明らかな恥じらいが見て取れた。

「い、いこっか。こっちだよ」

一転して態度を取り繕うと、高瀬は運動靴をはいて玄関を出ていく。

外から庭に回るのだろう、水希は大人しくその背を追った。

「うお……！」

木製のゲートを抜けた先――そこには想像以上の光景が広がっていた。

青々とした芝生の庭。ミニゲームくらいなら余裕でできそうな広さがあり、これなら練習にも支障はなさそうだ。

「すげ～……！」

あまりにも羨《うらや》ましい環境に、水希のテンションは自然と上がってしまう。

「めちゃくちゃ広いな⁉」

「えっ？　う、うん……えへへ」

勢い余って隣の高瀬を見上げると、ぎこちない笑顔で返されてしまった。

自慢してもいい場面なのに、恥ずかしがって遠慮する気持ちがわからない。

不思議に思う水希だったが、ともあれ練習を始めようと、リュックからボールを取り出しながら言った。

「っし。じゃあ、さっそく始めるか」

「うん。よろしくお願いします、先生！」

「とりあえず対面パスからな。好きに蹴っていいから」

適度に距離を取ると、向かい合ってパス練習を始める。

しかし――

「ていっ！　……あ、あれ？」

高瀬が勢い良くボールを蹴るも、空振り。

「もう一回！　……う～！」

今度はかすったが、ボールはちっとも前に飛んでいかない。

「インサイドで蹴れ、インサイドで」

見かねてアドバイスするも、まったくの初心者にはそれすら理解できなかったようだ。

「専門用語で言われてもわかんないよ～。お手本見せて！」

そう言って、ボールを水希のほうへ投げ渡してくる。

「インサイドキックは、ここ、足の内側の、土踏まずあたりだな。このへんを使って蹴るんだよ」

レクチャーを加えながら実践してみせると、高瀬もさすがに理解したようだ。

今度こそ！　と息巻いて再チャレンジ。

先ほどのように空振ることはなく、ボールはしっかり前へと飛んだ。

しかしコントロールはまだまだ不安定で、おかげで水希は右に左に走らされてしまう。

「下野みたいにまっすぐ蹴れないい～。なんで～」

「重心をミートできてないんだよ。ちゃんと真ん中狙《ねら》って、足首を固定させながら真《ま》っ直《す》ぐ振り抜いてみ」

「わかった。足首を固定させて、真っ直ぐだね」

しばらく繰り返していると、高瀬もコツを掴《つか》んできたようだ。次第にコントロールが安定してくる。

「いいぞ。なかなか上手《うま》いじゃん」

「これ、楽しいかも！」

満面の笑みでエンジョイする高瀬。

大げさなくらいのはしゃぎようだが、その気持ちもわからなくはない。

なにしろ、手を使ってはいけないルールのサッカーは、他の球技に比べても圧倒的に不自由なスポーツだ。

しかし、だからこそ、ボールを思ったように操《あやつ》れたときの楽しさは格別で、水希自身も実際にサッカーを始めてみて、このスポーツが世界的に人気な理由を肌で実感することができていた。

「よし、いったんストップ」

とはいえ、今回の目的はあくまでもキックベースの練習。

サッカーの練習とは趣が違ってくるので、水希はここで次のステップへ移ることにした。

「じゃあ次、トーキックの練習しよう」

「トーキック？」

「爪先で蹴るキックのことだ。コントロールが難しくてサッカーじゃあんまり使わないんだけど、そこまで力入れなくても遠くに飛ばせるから、キックベースには向いてる――らしい」

断定できないのは、先日インターネットで仕入れたばかりの知識だからだ。

水希とてまだ初心者の域を脱していない身、独力での指導には限界がある。

「親指の先で、ボールの中心を突くイメージで蹴ってみてくれ。大振りしなくていいからな」

「わかった！」

実際に自分でも試してみたが、遠くに飛ばすだけならトーキックはそこまで難しくない。運動神経に難がある高瀬も、これならどうにかなるだろう。

「いくぞ！」

「こ〜い！」

気合いも十分に構える高瀬。

本番を想定して、水希は下手投げでボールを放った。

「――えいっ！」

先ほども説明した通り、トーキックは遠くに飛ばすだけならそこまで難しくない。

逆に言えば、制御するのは困難で――高瀬が蹴ったボールは、勢いだけはすさまじく、あらぬ方向へと飛んでいってしまった。

「ちょ、大振りするなって言っただろ！」

「ごめん〜！」

水希の頭上を越えたボールは、そのまま庭の端まで飛んでいくと、なにやらフェンスに囲まれたスペースへ飛び込んでいってしまった。

近づいてみると、どうやらそれはペットケージで、なかで犬を飼っているらしい。

飛び込んできたボールに起こされたのか、犬舎のなかで眠っていた飼い犬が、のっそり顔を出してくる。

「うお……」

その存在感たっぷりの姿に、水希は思わず息を呑《の》んでしまった。

「でっかい犬だな……」

真っ白な体毛が特徴的な大型犬。

顔は柴犬《しばいぬ》っぽいが、サイズ感はまるで比べ物にならないほど大きい。

「秋田犬か？」

乏しい知識から当たりをつけると、どうやら正解だったようだ。

隣にやってきた高瀬が、名前まで一緒に教えてくれる。

「そうだよ。北斗《ほくと》っていうんだ」

飼い犬――北斗はボールを見つけると、新しいオモチャとでも思ったのか、うれしそうに抱え込んで甘噛《が》みを始めてしまう。

「北斗〜。ボール返して〜」

ボール遊びに夢中の北斗は、飼い主の声にも耳を貸さない。

しょうがないと、水希は直接取り返しにいくことにした。

「あ、危ないよっ。その子、すごく力が強いの」

「でも大人しそうじゃん」

心配する高瀬の制止を振り切り、水希は鍵《かぎ》を開けてケージ内へと足を踏み入れる。

北斗のつぶらな瞳《ひとみ》がこちらに向く。

しかし敵意は感じず、尻尾《しっぽ》もぱたぱた振っているので、少なくとも警戒はされていなさそうだ。

「ごめんな。ボール返してくれ」

興奮させないよう姿勢を低くして、ゆっくりボールに手を伸ばす。

すると、特に抵抗されることもなく、あっさり回収することができた。

巨体に似合わず従順な性格のようだ。お礼代わりに頭を撫《な》でてやると、北斗は気持ち良さそうに目を細めた。

「もふもふだな〜、おまえ。暑くないのか？」

首回りや顎の下をひとしきり撫でてやると、水希はすっと立ち上がった。

そして、得意気に振り向こうとした——その瞬間だった。

「ほら、ぜんぜん大丈夫——うわ！」

突如として立ち上がる白い巨体。

そのまま覆《おお》い被《かぶ》さるように、北斗が体重を預けてくる。

「下野！　大丈夫⁉」

背後で高瀬が叫ぶも、とても受け答えできる余裕はない。

立ち上がった北斗はほとんど人間と変わらない大きさで、おまけに力も相当なもの。支えるので精一杯だ。

「ちょ、こら、やめ、……重っ……！」

がっぷり組み合う、小柄な人間と大柄な犬。

軍配が上がったのは――後者のほうだった。

「うわあ！」

芝生に押し倒され、悲鳴を上げる水希。

北斗にしてみればただじゃれているだけなのだろうが、その巨体から生まれるパワーは戯れの範疇《はんちゅう》を超えている。

必死に抵抗するも押し返せず、むしろスキンシップと勘違いさせてしまったのか、北斗はますます勢いづくばかりだ。

「北斗！　めっ！」

高瀬が声高に叱るも、残念ながら効果なし。

結局水希は、高瀬母が助けに来てくれるまで、白いもふもふの下敷きにされるのであった。

第12話　しに来てもいいよ

「つっ……」

「ごめんね。染みた？」

「いや、だいじょぶっす」

高瀬《たかせ》家の広々としたリビング。

庭から移動してきた水希《みずき》は、ソファーの上で高瀬母から傷の手当てを受けていた。

傷といっても大した怪我《けが》ではない。北斗《ほくと》がじゃれついてきたときに、爪《つめ》がかすってできたほんのかすり傷だ。

とはいえ、動物の爪には感染症を引き起こす病原体が潜んでいることも多い。なおざりにして後で痛い目を見るよりは、いまのうちにしっかり消毒しておいたほうが賢明だろう。

消毒液をひたしたガーゼで傷口を拭き取り、絆創膏《ばんそうこう》が一枚一枚丁寧に貼《は》られていく。

ほどなくして手当てが完了すると、高瀬母が一仕事終えたように言った。

「これでよし」

「ありがとうございます」

「ほんとうにごめんなさいね～。あの子も悪気があったわけじゃないの」

「は、はい」

「体が大きいから、どうしてもうまく手加減できなくて。許してあげてね」

「ぜんぜんいいっす」

同級生の母親相手に緊張し、水希の口数はどうしても少なくなってしまう。

そんな水希を気遣ったわけでもないだろうが、ソファーの後ろで様子を見守っていた高瀬が話しに加わってきた。

「下野《しもの》、大丈夫?」

「心配ない、かすり傷だ」

「ごめんね。北斗ったら元気が有り余ってるの。普段お父さんぐらいしかまともに遊んでくれないから……」

語気も弱々しく高瀬が言うと、母親のほうもその言葉に続く。

「あそこまで大きくなっちゃったらねえ。わたしたちじゃ散歩するのも一苦労だもの」

確かに。男の自分でも力負けしてしまったのだ、女性の細腕ではとても手に負えないだろう。

——大型犬を飼うのも大変だな。

内心で同情を寄せる水希。

他人事として気楽に構えていたら、高瀬母から突然、困った要求をされてしまった。

「そうだわ、下野君。お家の人に一言謝りたいから、電話番号教えてもらえるかしら？」

「え」

水希は反射的に拒否反応を示してしまう。

この程度の傷でいちいち騒いでほしくない――というか、親には今日の予定を伝えていないので、連絡なんかされてしまった日には、自分がこっそり女子の家を訪れていたことがバレてしまうではないか。

「いや、そんな、いいっす……かすり傷なんで……」

おどおどと断る水希だったが、高瀬母も譲らない。

声色はあくまで柔らかく、きっぱりと意見を主張してくる。

「そういうわけにはいかないわ。かすり傷でも、怪我させちゃったことには変わりないんだもの。お願い、一言でいいから謝らせて？」

「………」

大人から向けられる真剣な眼差《まなざ》しには、有無を言わせない迫力がある。

悩んだ結果、水希は潔く譲歩することにした。

「……わ、わかりました」

「よかった、ありがとう」

すぐにメモ帳を用意する高瀬母。水希は口頭で自宅の電話番号を伝える。

「それじゃあ、ちょっと電話してくるわね」

高瀬母が廊下へ出ていくと、必然、リビングのなかにはふたりの姿を残すのみ。

屋外ならまだしも、家のなかでふたりきりというシチュエーションに、水希はどうしたってそわそわしてしまう。

一方、高瀬は気にしていない――というより、気に病んでいる様子で、ソファーの背もたれに肘を乗せると、背後から耳打ちするように言ってきた。

「ごめんね。わたしが変なとこに蹴《け》っちゃったから……」

「い、いいって。おれも不注意だったし」

「でも……ちゃんと止《と》めればよかった」

どうやら高瀬は思った以上に負い目を感じているようだ。

そっと振り向くと、そこにあるのは、反省の色も濃い沈痛な面持ち。

しょぼんとしたその姿に、水希の心はにわかにざわついてしまう。

「まぁ、なんだ、ほら……」

とっさに励まそうとするも、どうにも要領を得ない言葉しか出てこない。

そうして慌てた結果、水希は下手くそなジョークを口走ってしまった。

「い、犬は飼い主に似るっていうけど、ほんとだなっ」

飼い主に似てデカくなったんだな、と。

場を和ませるための軽口は、しかし誤った受け取られかたをされてしまう。

「わ、わたし、あんな強引《ごういん》に押し倒したりしないもん！」

「え……いや、体の大きさが似てるっつう、そういう意味なんだけど……」

「………」

みるみる顔を赤くさせる高瀬。

照れ隠しにか、背後から水希を押し倒す振りをしてみせる。

「む～！」

「や、やめろ！」

ともあれ、結果的に場を和ませることができたようだ。

攻撃する手を止め、隣に座ってきた高瀬が、いくぶん元気を取り戻した声で言う。

「この後、どうしよっか」

「おれは続けてもいいけど」

「お母さんがダメって言いそう」

「……確かに」

心配性そうな高瀬母のことだ。かすり傷とはいえ、怪我をしたまま運動することを許してはくれないだろう。

「また今度にしよっか」

「そうする──」

高瀬の提案に頷《うなず》きかけた水希だが、ふと思うところがあって言い直した。

「──っても、来週にはもう本番だよな」

すでに球技大会の開催まであと一週間を切っている。

時間的な余裕はないし、なにより、そもそもこれ以上無理に練習する必要性を感じないのだ。

「あれだけ蹴れるなら、十分活躍できると思うぞ」

言ったところで素人同士の試合。トーキックで前に飛ばすことができるのなら、少なくとも仲間の足を引っ張るようなことにはならないはずだ。

水希は勇気づけるつもりで言ったのだが、高瀬の反応はかんばしくなかった。

表情を曇らせ、反対の意思を無言で伝えてくる。

「心配ならひとりで練習すれば？」

「え〜……。ひとりでやってもつまんない」

「つまんないって……」

幼稚なわがままを言う高瀬に、水希は思わず呆《あき》れてしまった。

「贅沢《ぜいたく》言うなよ。これだけ恵まれた練習環境、そうそうないんだぞ」

「そうなの？」

「そりゃそうだよ。自分んちに運動できる広さの庭があるとか、めちゃくちゃ羨《うらや》ましいわ」

嫉妬《しっと》混じりに忠告する水希。

すると高瀬は、思いも寄らない返答を寄越《よこ》してきた。

「それなら……これからも来る？」

「え……？」

「練習。しに来てもいいよ」

「…………」

なんでそんな話になる。

そうツッコミたいのはやまやまだったが、高瀬の表情はいたって真剣で、とてもはぐらかせる雰囲気じゃない。

「……そ、それは……ありがたいけど……家のひとの邪魔になるだろうし……」

「わたしも練習したいもん。ボール蹴るの楽しかったから、球技大会終わった後も続けようかなって。……だから、一緒にやらない？」

「…………」

正直言って、魅力的な相談だ。

あれだけ広さのあるスペース、マーカーやミニゴールを持ち込めば、もっと本格的な練習も可能になる。

それに、状態はそこまで良くないとはいえ、芝生の上でサッカーができることが単純にうれしい。

クラブチームでの練習のときもそうだったが、やはり土のグラウンドでプレーするよりも、芝生でやったほうがモチベーションも上がるのだ。

「……………」

どう考えてもメリットしかない。

それでも簡単に頷けないのは、ただただ自意識が邪魔をしてくるのが理由だった。

――ゆうて女子の家だし……。

友人関係にあるといっても、そこは男女。いくら練習が目的とはいえ、頻繁に出入りするにはハードルが高すぎる。

それに、今日は母親しか在宅していなかったからいいものの、父親と遭遇した日には、どんな扱いをされるかわかったもんじゃない。

いや、それよりも問題なのは、両親がどちらも外出しているパターンだ。

もしそうなってしまったら、家のなかで高瀬とふたりきりという状況に――それはいくらなんでもマズすぎる。

「……今朝丸《けさまる》さんとはふたりきりで練習してるくせに」

と、水希の心を読んだかのように、高瀬が唇をとがらせて指摘してきた。

不意を突かれた水希は、舌をもつらせながら必死に否定する。

「そ、それはたまたま……」

今朝丸とふたりきりで朝練をしているのは事実だが、示し合わせたわけではなく偶然そうなっただけなので、ことさら非難される覚えはない。

ただ、「じゃあ魚見《うおみ》との関係はどうなんだ」とセルフツッコミを入れてみれば、水希に返せる言葉はひとつもないので、結局は強気に出られないのだが。

「わたしが一番仲良しの女子だって言ったくせに〜」

「い、言ったけど……」

写生大会での発言を蒸し返されるとますます反論できない。

追い詰められる水希だったが、そこで高瀬母が部屋に戻ってきて、ひとまず事なきを得る。

「お待たせ。いい時間だし、そろそろお昼ご飯にしましょうか。下野君もよかったら食べていってね」

「え、いや、悪いっす……」

遠慮しようとするも、高瀬母は構わずキッチンに立ってしまう。

「わたしも手伝う！」

高瀬も乗り気で腰を上げたので、どうにも辞退できる雰囲気じゃない。

しょうがない。ここは大人しくご馳走《ちそう》になろうと、水希は借りてきた猫のように口をつぐんだ。

「なに作るの〜？」

高瀬がソファーの前を横切っていく。

目の前を通過していく、そのシャツの裾《すそ》を——次の瞬間、水希は無意識に摑《つか》んでいた。

「え、なに？」

びっくりして振り返る高瀬。

「あ、いや……」

水希も水希で自分の行動に驚いてしまい、とっさに言葉が出てこない。

なにか言わなきゃ。

でも、なにが言いたいんだ？

ろくに考える余裕もなく、水希にはもう、口から出るに任せるしかなかった。

「……練習のことは、ひとまず、か、考えとく……」

視線を合わせることなく発したぶっきらぼうな一言は、果たしてどんな印象を相手に与えただろう。

「……うん、わかった」

少なくとも悪印象は持たれなかったと、微笑《ほほえ》みの気配を帯びた短い返答に、水希はほっと安堵《あんど》を覚えるのだった。

第13話　増えちゃったね

球技大会当日。

二年B組男子はドッジボールに参加することになり、水希《みずき》は体育館までやって来ていた。

「うおー、また止めた！」

「しつこいぞー！」

生徒たちの歓声と、ボールの弾む音が、高い天井《てんじょう》によく響く。

そのなかでもひときわ気を吐いている仲間の姿を、すでにアウトになってしまった水希は、手持ち無沙汰に外野から眺める。

「っしゃあ！」

相手チームが放ったボールを見事に受け止めると、久保《くぼ》が威勢よく雄叫《おたけ》びを上げた。

サッカー部ではゴールキーパーでレギュラーを張っているだけあって、さすがのキャッチング技術だ。

自軍内野にはすでに久保の姿だけを残すのみだが、この分ならまだ勝ち目はあるかもしれない。

「スローイングで鍛えたこの強肩！　取れるもんなら取ってみろや！」

絶好調の久保が、大きく振りかぶってボールを投げる。

そうして着実にアウトを積み重ねていくも、相手チームにもひとり猛者がいるようで、最終的にはタイマンのかたちになってしまう。

両者のハイレベルな攻防の応酬に、周囲の盛り上がりも最高潮だ。

「粘るなー、久保のやつ」

隣に立つ戸川《とがわ》が、感心とも呆《あき》れとも取れるふうに呟《つぶや》く。

水希は皮肉を込めて相づちを打った。

「ゴールのほうもあれぐらい必死に守ってくれりゃいいけど」

「あはは、ほんとそれ」

軽口をたたき合いながら、水希はちらりと時計をうかがう。

時刻は丁度、昼の十二時になったあたり。午前の授業時間をまるまる使った球技大会も、そろそろ閉幕の頃合《ころあ》いだ。

「いい加減どっちかアウトになれって！」

「押してんだよ、時間が！」

試合が長引きすぎて、いよいよ歓声がブーイングに変わり出す。

しかしコート内の両者は聞く耳を持たず、どちらも譲る気はないようだ。

「………」

この調子だと、いつ自由に動ける時間がやってくるかわからない。

ひとりぐらいいなくなっても問題ないだろうと、水希はいったんコートを出ることにした。

「ごめん。おれ、ちょっと抜けるわ」

「トイレ？」

「ま、まぁ……すぐ戻る」

戸川に一言断ると、水希はそそくさと体育館を後にする。

向かう先は、トイレ――ではなく、日頃部活で汗を流している運動場だ。

そうして青空の下、キックベースの試合を行っているクラスメイトの女子たちを発見すると、気づかれないようそっと近づいていく。

しかし、

「あ、下野《しもの》君。こっちこっちー」

あっさりと藤本《ふじもと》に見つかってしまった。

水希は手招きに応《こた》えて、しぶしぶ側《そば》まで寄っていく。

「男子はドッジボールだったんでしょ？　もう終わったの？」

「いや、久保がクソ粘ってまだ続いてる。いい加減に飽きたから抜けてきた」

「あはは、そうなんだ」

快活に笑ってみせると、藤本が前方を指差しながら言う。

「こっちもいい勝負してるよ。ほら」

見れば、確かに試合は接戦の模様を呈していた。

「っしゃー！　決めたるでー！」

一点ビハインドで迎えた最終回表の攻撃。

ノーアウト一塁の場面で、打席に立つのは今朝丸《けさまる》だ。

「頼むよ～！」

「ホームラン狙《ねら》っちゃえ！」

サッカー部員だけあって仲間からの期待も大きい様子。

しかし相手チームからは非難囂々《ごうごう》で、歓声に交じって野次《やじ》も聞こえてくる。

「本気出すなよサッカー部～！」

「左で蹴《け》れ～！　ハンデハンデ！」

はやし立てるそれらの声に、どうやら今朝丸は応じるつもりのようだ。

「上等じゃーい！」

左打席に入り直す今朝丸。

いとも容易《たやす》く挑発に乗るその姿を見て、藤本が疑問の声を向けてくる。

「利《き》き足じゃなくても蹴れるものなの？」

「前に飛ばすだけなら……。まぁ、あいつなら心配いらないと思う」

女子部員ながら、今朝丸のテクニックは部内でも指折りだ。たとえ逆足でも、内野の頭を越すくらいわけないだろう。

「どっせーい！」

想像通り、今朝丸は初球からボールを捉《とら》えた。

経験者らしい抑えの効いたシュートが、内野の頭上を切り裂くように飛んでいく。

しかし角度がつかなかった分、ボールは外野を越えるまでには至らなかった。

塁上で今朝丸が悔しさを露《あら》わにする。

「くぅ〜！　同点にしたかったのに！」

ともあれ、場面はノーアウト一・二塁。一打逆転の大チャンスだ。

ここで迎える次の打者は――

「菜央《なお》ー！　チャンスだよ！」

藤本の声援を受けて、高瀬《たかせ》が打席に入っていく。

しかし気負っているのか、その表情には緊張がありありと浮かんでおり、水希の存在にも気づいていない様子だ。

――大丈夫かよ……。

水希の感じた不安は、残念ながら的中してしまう。

高瀬は一球目、二球目と、続けて空振り。気持ちばかりが先走り、明らかにキックが大振りになっていた。

「あちゃ、これはダメっぽい」

てんでかすりもしない有り様に、藤本は早くも諦《あきら》めをのぞかせる。

水希も同じように諦めかけるが——


「デカいだけで大したことないじゃん」

「ウドのなんとかってやつ？」


敵チームからふと聞こえてきた嘲《あざけ》りの声に、思わず声を上げていた。

「高瀬！」

鋭く呼びかけると、高瀬含めて、たくさんの視線がこちらに向く。

「っ……」

注目されるのは嫌だったが、高瀬が——クラスメイトがバカにされるのはもっと嫌だ。

いたたまれない気持ちをぐっと飲み込むと、水希は自分の爪先を指し示しながら、口パクで「トーキック」とアドバイスを伝えた。

「……！」

表情を引き締めた高瀬が、わかったと言わんばかりにこっくり頷《うなず》く。

そうして構え直し、タイミングを合わせて助走に入ると――コンパクトな足の振りから、ボールの重心を爪先で捉えた。

瞬間、すさまじい勢いで飛んでいくボール。

角度も完璧《かんぺき》で、内野どころか、外野の頭上さえ軽々と越えていってしまう。

「回れ回れ～！」

長打コースの当たりに、ランナーふたりが一気に生還。

見事な逆転打に観衆が沸き、高瀬も二塁ベース上でうれしそうにガッツポーズを作った。

このプレーで完全に流れが傾いたようだ。続く打者もヒットで続き、高瀬が追加点を決めるホームを踏むと、クラスメイトとハイタッチした勢いのままこちらに走り寄ってくる。

――お、おれもやるのか……？

思わず身構えてしまう水希だが、高瀬の目当ては友人のほうだった。

ハイタッチした女子ふたりが、そのまま手を取り合い、仲睦《むつ》まじく語り合う。

「たまちゃん～！　見てた～⁉」

「うん。追い込まれたときはダメだと思ったけど、よく当てたね」

「ふふん～。わたしだってやればできるんだもん！」

誇らしげに笑顔を浮かべる高瀬。

その頭を藤本が「よくできました」とでも言うように撫《な》でるのは、身長差もあって奇妙な絵面だ。

「それにしても、すごい飛んでたね。もしかして練習した？」

「うん！　トーキックで蹴るのがコツなんだよ！」

「へぇ～？」

藤本から意味ありげな視線を向けられて、水希は気まずいことこの上ない。

「もしかしてさ――」

と、そこで藤本の出番がやってきて、なんとか追及をまぬがれる。

「あ、次わたしの番だ。いってくるね」

「いってらっしゃい！　トーキックだよ、トーキック！」

友人をハイテンションで送り出すと、高瀬はそこでやっと水希に話しかけてきた。

「えへへ、どうだった？」

「……まぁ、最後だけはよかったな」

「チャンスだから焦《あせ》っちゃった～。でも、下野が声かけてくれたおかげで落ち着けたよ。ありがとう」

「べ、別に……」

活躍できてご機嫌なのか、高瀬の距離感はいつも以上に近い。

藤本

半袖《はんそで》の体操服から伸びる真っ白な二の腕が、いまにも接触してきそうで、水希はさりげなく位置をずらした。

「遠くまで蹴れるとやっぱり気持ちいいね！　わたしもいまからサッカー部に入っちゃおうかな？」

「吹奏楽部はどうするんだよ」

「ふふ、冗談だよ～。でも趣味で続けるのはいいかも」

なにげなく発せられた高瀬の一言。

催促されたわけではないが、言うならいまだと、水希は躊躇《ためら》いがちに口を開いた。

「……暇なときならいいけど」

「え？　なにが？」

「いや、だから、……練習。家でやるんだろ。暇なときなら、付き合ってやってもいい」

「ほんと⁉」

パッと目を輝かせる高瀬に、水希は「ただし」と釘《くぎ》を刺す。

「だ、誰《だれ》にも言うなよ……」

「え～。なんで？」

「それは……」

「なんでなんで？」

知られたら恥ずかしいから。

それ以外の理由はなかったが、それを口にすることもまた恥ずかしい。

「こ、こっそり練習したいって、そっちが最初に言ったんだろ……！」

苦し紛れの言い訳は、しかし意外にも実を結んだ。

「わかった。誰にも言わない」

「……約束だぞ」

「うん」

頷いた高瀬が、膝《ひざ》を曲げて顔を近づけてくる。

そうして水希の耳元まで口を寄せると、誰にも聞こえないよう、潜めた声で言うのだ。

「またふたりだけのヒミツ、増えちゃったね？」

「っ～！」

もはや言い方の問題では済まされない状況に、水希は否定したくてもしきれなかった。

第14話　かわいくてつい

初めこそ緊張していた魚見《うおみ》との自主練も、何回かこなす頃にはすっかり慣れてしまった。

魚見のほうも水希《みずき》を気に入ってくれたようで、もはやその態度に当初の刺々《とげとげ》しさは見て取れない。

それどころか、

「水希くーん」

下の名前に君付けで呼ばれるくらいには、高い好感度を獲得することができていた。

「おっす」

「う、うすっ」

待ち合わせ場所の、地下鉄を出てすぐのバスターミナル。

先に到着していた魚見が気さくに挨拶《あいさつ》してくるも、水希の返事は少々ぎこちない。

というのも、今日の魚見はいつもとひと味違ったのだ。

──スカート……。

ロゴTシャツにミニスカートを合わせたコーディネート。

全体的にクールな印象だが、これまで練習着やユニフォーム姿しか見てこなかったギャップから、やたらと女の子らしさを感じてしまう。

うっすら化粧もしているようで、その表情はいつになく華やかな印象だ。

「……なに？　わたしだってスカートぐらいはきますけど」

「えっ、いや、その……」

好奇の目で見ていると勘違いされてしまったか、魚見が唇をとがらせてジト目の視線を向けてくる。

半ば見とれていた水希は、とっさの褒め言葉で取り繕った。

「に、似合ってます」

「……そう？　ありがと」

あっさり言うと、魚見はすぐに背を向けてしまう。

「いこっか」

そのまますたすたと地下鉄の入り口に向かっていってしまうので、水希も慌てて後に続いた。

「どこまでの切符買えばいいっすか？」

「えっとね――」

魚見の指示に従い乗車券を購入すると、ふたり揃《そろ》って地下鉄に乗り込む。休日の午前中なので、混雑具合はほどほどといったところだ。

「今日は試合を観るんすよね」

「そ。観戦するのもいい練習だからね」

今日の自主練はいつもと趣を変えて、戦術眼を養うため試合観戦を行うらしい。

目的はとある高校で行われる、女子サッカー部の試合。

なんでも魚見の先輩がそこの部員らしく、いつでも観に来ていいと許しをもらっているとのことだ。

「どっちのチームも強豪だから、女子の試合でもかなり見応えあると思うよ」

「なるほど。楽しみっす」

ほどなくして最寄りの駅に到着し、徒歩で移動すること数分、目的地の学校にたどり着く。

「こっち」

以前にも訪れた経験があるのか、魚見の足取りは慣れたものだ。迷いなくグラウンドまで向かっていく。

「もうすぐ始まるみたい」

見れば、グラウンドにはすでに選手たちが集まっていた。

青のユニフォームがホーム側、白のユニフォームがアウェイ側らしい。

グラウンドが見渡せる階段上に腰を下ろすと、水希はさっそく質問を口にした。

「今日は練習試合なんすか?」

「ううん、公式戦だよ。リーグの試合だね」

「リーグ？」

「そっか。水希君は最近サッカー始めたばかりだから、あんまり馴染みないか」

そう言うと、魚見は懇切丁寧に説明してくれる。

「サッカーって、育成年代からとにかく実戦の機会が多くてね。他の学生スポーツだったらトーナメント制の大会がメインだけど、サッカーの場合、リーグに所属して年間通して競い合う環境が出来上がってるんだ」

「へぇ、そうなんすね」

「リーグもレベルごとに分かれてて、成績次第で昇格したり降格したりするから、どこのチームもガチだよ。特に今日の試合は、近隣各県のトップが所属する地方リーグの試合だから、なおさら真剣勝負になると思う」

「なんかもう、プロみたいっすね」

そうこうしているうちに、試合開始を告げるホイッスルが鳴った。水希は観戦に集中する。

「どっちのチームも4―4―2のフォーメーションだけど、中盤のシステムに違いがあるね。わかる？」

「いや、わかんないっす」

「中盤の選手の陣形を見て。青がダイヤモンド型で、白がフラットに並んでるでしょ？　この場合――」

滔々《とうとう》と戦術の解説をする魚見。

それも次第に落ち着いてくると、水希に感想を求めてくる。

「水希君は、サッカー観戦するの初めて？」

「そっすね。生で見るのは今日が初めてっす」

「そっか。……どう？　楽しい？」

「はい。テレビで見るのとは全然ちがうっす」

月並みな感想だが、テレビで見る試合とは迫力がまるで違った。

学生の試合でこれほど圧倒されるなら、プロの試合となるとどれだけ迫力満点なのだろう。

そんなことを思っていると、考えを見透かしたかのように魚見が言ってきた。

「ふふ、プロの試合はもっとすごいよ」

「へぇ～。見てみたいな」

「……なら今度、一緒に――」

そこで前半終了のホイッスルが鳴り響き、魚見の言葉は中途半端《ちゅうとはんぱ》なところで途切れる。

「あ、もう前半終わりか」

集中して見ていたらあっという間だった。

スコアは0―0。

終始ホームの青いユニフォームが攻める展開だったが、アウェイの白側がそれを守り切ったかたちだ。

「後半どうなりますかね？」

「え？　あ、うん、そうだね……。お互いやりたいことはできてたから、基本的な戦術は変わらないと思う」

「ふむふむ」

熱心に耳を傾ける水希。

しかし魚見は、それ以上サッカー関連の話しをするつもりはないようだった。

「あ、あのさ、水希君」

「はい？」

「お腹《なか》、減ってたりしない？」

「腹っすか？　まぁ、それなりに……」

「じゃあさ、これ――」

膝《ひざ》の上に抱えていたバッグのファスナーを開くと、魚見はいそいそと中身を取り出してみせる。

淡い水色の箱――どうやらランチボックスのようだ。

蓋を開いて中身を見えるようにすると、魚見はどこかぎこちない口調で言う。

「サンドイッチ。作ってきたんだけど。……食べる？」

「いいんすか？」

「う、うん。――そのために作ってきたんだし」

「え……」

思わずどきりとしてしまうが、年上としての気遣いで用意してくれただけだろう。

せっかくの厚意を受け取らないわけにはいかないと、水希はありがたくご馳走《ちそう》になることにした。

「じゃあ、その……いただきます」

「あ、味は期待しないでね。そんなに料理、得意じゃないから」

予防線を張ってくる魚見。

恐る恐る一口かじってみると――まったく無駄な心配だったと知る。

「ぜんぜんうまいっすよ」

「ほ、ほんと？」

「はい」

応じながら、タマゴサンドをもう一口かじる。

材料に刻んだピクルスを加えているようで、程良い塩気とシャキシャキとした食感がいいアクセントになっている。

「これ、最高っす。タマゴとピクルスってこんなに合うんすね」

正直に感想を伝えたら、魚見もやっと安心してくれたようだ。

「う、うん。それ、一番の自信作！」

前のめりになって声を弾ませると、今度は料理の解説に弁舌を振るってみせる。

「ピクルスってクエン酸が含まれてるから疲労回復に効果的なの！　他にもね、こっちのツナとブロッコリーのやつ、これもオススメ！　ブロッコリーって野菜のなかでもタンパク質が豊富で――」

味よりも栄養価ばかりに着目するあたり、なんともアスリートらしくておかしみを感じる。

それでも、目を輝かせて手料理を振る舞うその姿は、いかにも等身大の女子中学生といった印象だ。

「…………」

「こっちの鶏肉は当然胸肉でしょ？　それとこの、大豆ミートのタコスがヘルシーで――な、なに？」

「い、いや……なんでもないっす」

水希は必死に本心を隠す。

先輩相手に――いやそうでなくとも、異性に対して「かわいくてつい見とれちゃってました」なんて、口が裂けても言えるわけがなかった。

第15話　からかってないけど

試合観戦が終わった後、「買い物にいきたい」という魚見《うおみ》の要望に応じて、水希《みずき》は近隣のスポーツショップを訪れていた。

各種スポーツ用品のほか、アウトドア用品まで扱う大型店ということもあり、その品揃《ぞろ》えはさすがに豊富だ。

展示された色とりどりのサッカースパイクは、見ているだけでもテンションが上がってきて、自然と会話にも花が咲く。

「水希君はどこのスパイクはいてたっけ?」

「アンダーアーマーっす」

「アンダーアーマー⁉」

「……そんな驚くとこっすか?」

「いや、だって、普通ナイキとかアディダス選ばない?」

確かに、サッカーでメジャーなブランドといえばそのあたりだろう。

しかし水希にも、一応それなりの理由があっての選択だった。

「バスケやってたときもアンダーアーマーのシューズはいてたんで。その流れっす」

「あ、そういうこと」

納得したように頷《うなず》くと、魚見は並べられているスパイクのなかから一足手に取り、しげしげと見つめながら質問してくる。

「アンダーアーマーって、インナーウェアのメーカーっていうイメージだけど、それ以外もちゃんと出してるんだね。バスケではメジャーなの？」

「メジャー……ではないっすね。ちょっと前にNBAのスター選手が契約して、かなり知名度上げましたけど、それでもやっぱりナイキが断トツ、その次にアディダスって感じです」

「あはは、サッカーと一緒だ」

ちなみに件《くだん》のスター選手とは、水希が尊敬してやまないステフィン・カリーその人のこと。決してメジャーとはいえないアンダーアーマーのバッシュを選んだのも、カリーに憧《あこが》れて、というのが理由だった。

「……ていうか、おれまだ、ちゃんとしたスパイク持ってないんすよね」

「あれ、そうなの？」

「はい。トレシューしか持ってないす」

トレシュー――トレーニングシューズは、文字通り練習用のサッカーシューズだ。

しかし試合で使えないというわけでもなく、また足への負担が通常のスパイクより少ないこともあり、ジュニア世代ではこれ一足で済ませているプレイヤーも多い。

「ほんとは試合用のスパイクもほしいんすけど。レギュラーになってからじゃないとダメだって親に言われてて……」

「ちゃんとしたスパイクは結構いい値段するからね。トレシューもすぐすり減るから定期的に買い換えなきゃだし、贅沢《ぜいたく》は言えないよ」

「そうっすけど……」

不服そうに眉《まゆ》をひそめる水希。

そこに魚見が、肩をぽんぽんと叩きながら励ましの言葉を送ってくる。

「大丈夫！　水希君ならきっとレギュラーになれるって」

「あ、あざっす……」

なんの根拠もない励ましも、かわいい声で言われて、なおかつボディタッチ付きだと、途端に説得力を増してしまうのだから恐れ入る。

――夏の大会までにはぜってーゲットしてやる……！

女子からの応援に活を入れられ、こっそりモチベーションを高める水希。

「――あ、それならさ」

するとそこへ、魚見がやにわに提案してきた。

「いまのうちに目当てのスパイク探しておかない？」

「おお、いいっすね」

スポーツマンの常として、道具には人並み以上のこだわりがある。

乗り気に賛同した水希は、これぞという一足を探すことにした。

「どれがいいんだろ……」

「待って、わたしが選んであげる！　サイズだけ教えて？」

率先してスパイクを物色しだす魚見。

やがて何足か見繕ってくると、試着用のチェアに座るよう促してくる。

「あ、あの……」

言われた通りにする水希だったが――魚見が目の前にひざまづき、こちらの靴ひもを解きだしたところで、たまらず断りを入れた。

「じ、自分でやれます……」

「いいから。わたしにまかせておいて」

「でも……」

「い、い、か、ら」

「……は、はい」

年上の女子にきっぱりと言われてしまえば、水希としても受け入れざるを得ない。

子供扱いされているようで恥ずかしかったが、別に服を着替えさせられるわけでもないんだしと、大人しく身を委《ゆだ》ねることにする。

「やっぱりまずはナイキだよね」

「…………」

甲斐甲斐《かいがい》しく世話を焼いてくれる魚見に、水希はふと、姉に甘えてばかりだった幼少の頃を思い出す。

ちょうちょ結びができなくて、よく靴ひもを結んでもらってたっけ――なんて在りし日の思い出に浸っていたところ、

「……ッ！」

不意打ちでとんでもない光景が視界に飛び込んできて、もはや回想どころではなくなってしまった。

――み、見え……！

魚見は現在、前屈みの姿勢で靴ひもを結んでいる。

そうなると必然、水希の位置からは、無防備になった胸元《むなもと》がのぞけてしまうわけで……。

――バカ、見るな……！

とっさに目を背《そむ》けるも、繊細にレースをあしらった純白の下着が、脳裏に焼きついてしまって離れない。

おまけに、姿勢の影響もあるのだろうが、意外と〝ある〟ことを確認してしまい、水希はま

すます動揺してしまう。

「ちょっと小さいかな？　どう？」

「え⁉　あ、靴、靴のサイズ、ですよねっ」

「？　そうに決まってるでしょ？」

「ちょ、丁度いい感じっす！」

水希は感じたままを正直に答える。

名誉のために言っておくと、そこに一切《いっさい》の他意はなかった。


「――あれ？」


と、そこで不意に、通りがかった他の客から声をかけられた。

赤いジャージ姿の女の子。見覚えのない顔だが、年の頃は高校生あたりだろうか。

ガタイがよく、ひと目見ただけでなんらかのスポーツをやっていることがうかがえる。

「魚見？　やっぱりそうだ！」

名前を呼ばれた魚見が振り向くと、相手の顔を見て、ぱっと表情が華やぐ。

「みっちゃん先輩！」

「久しぶり！　偶然だね～」

どうやら魚見の知り合いだったようだ。

ふたりは女子特有の近い距離感で、手を取り合って偶然の出会いを喜び合う。

「先輩も買い物ですか?」

「うん、新しいスパイク探しに来たんだ。魚見は――もしかしてデート中?」

疑問と一緒に好奇の眼差《まなざ》しを向けられて、水希はぎょっとしてしまう。

しかし魚見のほうときたら、

「え? えへへ……」

ろくに否定もせず、照れ笑いを浮かべるばかりだ。

これでは勘違いされてしまってもしかたない。事実、先輩がすぐにいちゃもんをつけてきた。

「おいおい～! いつのまに彼氏なんて作ったんだよ、この裏切り者め～!」

「やめて～!」

嫉妬《しっと》にかられた先輩のヘッドロックに、魚見は笑いながら抵抗する。

その後、プロレスごっこからしばしの雑談を経て、先輩から別れの言葉を告げられた。

「邪魔しちゃ悪いからそろそろいくよ」

「はい。今度連絡します」

先輩を見送ると、魚見はすぐ水希のほうへ向き直る。

「ごめんね、話し込んじゃって」

「い、いえ……」

「一個上の先輩なんだ。ジュニアの頃、同じサッカースクールに通っててさ」

「な、なるほど」

「ああ見えてサッカーエリートなんだよ。いまはJ下部のユースチームでプレーしてるんだけど、将来プロを目指してるんだって」

「す、すごいっすね」

無難に受け答えする水希だったが、カップルとして扱われてしまったことが尾を引いて、どうしても口調が不自然になってしまう。

「……勘違いされちゃったね」

そんな水希の胸中を見抜いたのだろうか。再び前屈《かが》みになって靴ひもを結びだした魚見が、顔を伏せたまま言及してきた。

「え？」

「彼氏彼女に。端から見たら、やっぱりそう見えるのかな？」

「ど、どうっすかね……」

デリケートな話題に、水希はついつい返答に困ってしまう。

するとそこへ、魚見がさらに一歩踏み込んだ質問を投げかけてきた。

「……水希君は、いま付き合ってる子とかいるの？」

「い、いないっすよ！　いるわけない……」

「……そうなんだ」

あっさりとした調子で呟《つぶや》く魚見。

単なる雑談の範疇《はんちゅう》なのか、それともなんらかの意図があっての発言なのか、隠すように伏せられた顔からは一切の感情が読み取れない。

「…………」

「…………」

会話がぱたっと途切れて、どうにもいたたまれない空気がふたりの間に流れる。

なんとか場を持たせようと、水希は自分から話題を切り出した。

「そ、そういえば、魚見さんも目指してるんですか？」

「なにが？」

「いや、プロを目指してるのかなって」

「……どうだろ」

てっきりそうなのだと思い込んでいたが、どうやら事実は違ったらしい。

魚見はどこか自嘲気味に、自らの心境を語ってみせる。

「昔はそういう気持ちもあったけど、いまはちょっと微妙かも」

「そうなんですか」

「ていうか、このままサッカー続けるべきなのかなって、最近ちょっと悩んでたり」

「え」

突然飛び出してきた重大な告白に、水希は驚きを隠せない。ついつい無遠慮に理由を尋ねてしまう。

「なんでっすか？」

「だって、サッカーだけが人生じゃないじゃん」

「でも……サッカー、好きなんですよね」

「もちろん好きだよ。……でもさ、楽しいこと他にもいっぱいあるのに、サッカーだけに青春を捧《ささ》げるのも、なんだかバカみたいじゃない？」

「……そう、っすかね」

水希の返答はどうしても鈍くなる。

魚見にはストイックなイメージを持っていただけに、その発言はとても意外で——勝手だとは思いつつも、少しだけ失望を覚えてしまった。

「まぁ、辞めることはないと思うけど。——プロを目指す勢いでリソース全部注《そそ》ぐのは、違うのかなって」

進路も考えなければいけない時期ということもあり、色々と溜《た》まっていたのだろう。

魚見は饒舌《じょうぜつ》にわだかまりを吐き出してみせる。

「WEリーグができて、女子サッカー選手の環境もだいぶ良くなってきたけどさ、それでもやっぱり将来は不安だよ。――ちょっと前に女子プロ野球のリーグが終了しちゃったけど、他人事とは思えなかったもん」

「………」

「そもそも、わたしぐらいの実力じゃプロになれるかどうかもわからないし。なれたところで――ごめん、なんか愚痴っぽくなっちゃった」

「い、いや、ぜんぜん」

「つまりさ、あれだよ。わたしにも青春を謳歌《おうか》したいって気持ちは、人並みにあるってわけ。だから――」

なにか言いかけた魚見だったが、結局話はそこで終わってしまった。

その後、試着するだけしてなにも買わずに店を出たふたりは、そろそろいい頃合《ころあ》いだと帰路につく。

地下鉄で地元の駅まで戻ってくると、ここからは水希が自転車、魚見がバスと別々だ。

「先、帰っちゃってもいいのに」

「いや、一応……」

バスターミナルのベンチに座る魚見。

水希も最後まで見送るため、隣で一緒に待つことにすると、向こうはその気配りがうれしかったようだ。

あえてひとり分空けて座っていた座席を詰めてくるや、微笑《ほほえ》みと一緒に言ってくる。

「今日は付き合ってくれてありがと」

「い、いや、こっちこそ。いつも誘ってもらってすみません」

「ふふ。じゃあ今度は、そっちのほうから誘ってくれる？」

「わかりました。今度はおれから、練習誘います」

なにげない会話の流れは、しかしここで潮目が変わる。

「……練習じゃなくて、デートのお誘いでもいいんだよ？」

「え……!?」

クールな魚見の柄にもない発言に、水希はたまらず面食らってしまった。

「か、からかわないでください……！」

照れ混じりに言い返すも、魚見はそれ以上茶化《ちゃか》そうとも、謝ろうともしてこない。

訝《いぶか》しく思った水希が隣をうかがうと——そこには頰《ほお》をほんのり赤らめ、恥ずかしそうに顔を伏せている横顔があった。

「……別にからかってないけど」

「う、魚見さん……？」

いじけたような態度で黙り込む魚見。

やがて目当てのバスがやってくるも、一向に腰を上げる気配はない。

結局そのままバスは出発してしまい、ふたりは人気のなくなったターミナルに取り残されてしまう。

「……あ～。ごめん、こういうの慣れてなくてさ」

沈黙を破り、魚見が口を開く。

口調こそざっくばらんだったが、表情は真剣そのもので、とても冗談を言っている雰囲気じゃない。

「この際だから、はっきり言っちゃうね」

「…………」

なにを、なんて尋ねるほど、水希も朴念仁《ぼくねんじん》ではなかった。

どきどきしながら、緊張の面持ちで続く言葉を待つ。

「水希君、さっき付き合ってる子はいないって言ってたよね。あれほんと？」

「は、はい……」

震える声で返事をする。

そうして、勘違いで済まされない予感は、ついに現実のものとなった。

「――じゃあ、わたしと付き合おうよ」

第16話　天秤のもう片方

足取りが、軽いを通り越して、ふわふわと浮いているようだ。

万が一踏み外さないよう、一歩一歩確かめるようにマンションの階段を上りながら、水希《みずき》は直近で起きた衝撃の出来事を整理する。


『──じゃあ、わたしと付き合おうよ』


思いも寄らなかった魚見《うおみ》からの告白。

異性からここまではっきり好意を伝えられるなんて、もちろん人生で初めての経験だ。

うれしいという気持ち以上に、なんで、どうしてと、混乱する気持ちが勝ってしまい、とても冷静ではいられない。

そのため、満足に返事をすることもできなかったのだが──幸い、魚見はこちらの心情を汲《く》んでくれたようだ。

『返事はまた今度でいいよ。じっくり考えてみて』

そうして月末の日曜日に出掛ける約束を交わし、告白の返事は当日まで保留させてもらえることになった。

期限は約二週間。

まだ二週間もある、と考えるべきか、それとも、たった二週間しかない、と考えるべきか。

どちらにしても、それまでには結論を出すしかない。

「……ふぅ」

そこまで状況を整理できたところで、多少は落ち着きを取り戻せてきた。

ひとまず冷たい物でも飲んで一息つこうと、帰宅した水希は手洗いを済ませると、その足でキッチンに向かう。

「おかえりー」

部屋に入ると、隣接するリビングから姉の事務的な声が聞こえてきた。

見れば、司《つかさ》はせっかくの休日だというのにソファーに寝転がり、だらだらとスマホをいじくっている。

「……ただいま」

同じように事務的に返すと、水希は冷蔵庫からピッチャーを取り出す。

そうしてグラスに麦茶を注《そそ》いでいたら、再び司の声が聞こえてきた。

「弟ー、わたしのもー」

「………………」

普段なら「自分でやれ」と突っぱねるか、もしくは無視するところだが、今日はなぜだか素直に聞き入れられる。

なんだかんだ、水希も告白に気をよくしているのだろう。新しく用意したグラスに麦茶を注ぐと、自分の分と一緒にリビングまで運んでいく。

「うむ、ご苦労」

身を起こしてグラスを受け取る司。

偉そうな態度も寛大な心で許してやり、水希も一緒になってグラスを傾ける。

「……なに？　ずいぶん機嫌よさそうじゃん」

「べ、別に……」

素っ気ない言葉でお茶を濁すも、司は鋭かった。

目敏《めざと》く見抜いてくると、明らかにおもしろがった様子で指摘してくる。

「わかった。さてはあんた、例の子となんかあったでしょ？」

「は？」

「なにちゃんだっけ？　ほら、ちょっと前にケンカして、その後仲直りした子」

なるほど。どうやら司は、自分と高瀬《たかせ》の間でなにかあったと踏んでいるようだ。

勘違いではあるが、当たらずとも遠からずな予想ではあるので、水希もついつい動揺を顔に出してしまう。

「進展あったんか？　んん？　どうなのよ？」

「な、なんもねえし……」

「はいはい、隠してもバレバレだから」

肘掛けにもたれかかった司が、下卑た笑みを浮かべて問い詰めてくる。

「大人しく白状しなさい。そして中学生の恋バナでしか摂取できない養分をわたしに与えるのよ」

「はぁ？　意味わかんねえし……。バカじゃねえの？」

付き合ってられるかと、麦茶を飲み干した水希は踵《きびす》を返す。

そのまま逃げるように自室へ向かうが、司も後を追ってきて、なおもしつこく詮索してくる。

「そう突っ張るなって〜。相談乗るよ？　女心のことならわたしに聞きな？」

「いいって……」

「遠慮するなよー」

ついには肩まで組まれて説得されてしまう。

姉の度を超したウザ絡みに、水希もいよいよ我慢の限界だった。

「あぁもう、うっとうしい！」

鋭い一言と同時に手を振り払うと、自室の扉を開けてなかに入る。

そしてドアノブに手をかけながら、捨て台詞《ぜりふ》をくれてやるのだ。

「……女心ならって言うけど、姉ちゃんじゃ明らかに畑違いだろ」

「あぁ⁉」

案の定、怒りに顔を歪《ゆが》める司。

予期していた水希は、すぐに扉を閉めて鍵《かぎ》をかけた。

「畑違わねえし！　こちとら女畑で育った立派な女じゃコラ！　開けろ！」

ドンドンと、激しいノックが催促してくる。

もちろん応《こた》えるわけもなく、水希は徹底的に無視を決め込む。

「――チッ。てめー、覚えてろよ」

そのうち司も諦《あきら》めたようだ。捨て台詞を吐くと、やがて気配が遠ざかっていく。

「……はぁ」

静かになった部屋のなか、ベッドに腰掛けた水希は、ひとりひっそりと余韻に浸る。

女子からの告白――正直言って、めちゃくちゃうれしい。

中一の夏に失恋して以来、異性に対して壁を作っていたが、それは防衛本能から生じたものに過ぎず、恋愛への興味は変わらずに持っている。

水希とて健康な男子、それも思春期真《ま》っ只中《ただなか》の中学二年生なのだ。彼女がほしくないわけがない。

――彼女か……。

その甘美な響きに自然と顔がニヤけてしまうが、ここは一度、冷静になって考えるべき場面だろう。

つまり、付き合う相手として魚見は相応《ふさわ》しいのか――なにより、自分が魚見のことをどう思っているのか。そこを明らかにしないことには、どんな答えを出すにしろ不誠実だ。

――嫌い、ではないよな。

初めこそ取っつきにくさを感じたが、一緒に時間を過ごすうちに、魚見に対する印象もずいぶん変わっていた。

もちろん好意的な方向に、だ。

年上らしく面倒見のいいところや、手料理を褒められてハイテンションになる一面など、そういった素顔を知ったいまでは、普通にかわいい女の子というイメージを抱いている。

また内面の部分に限らず、外見のほうも魅力的だ。

愛嬌《あいきょう》には乏しいものの、顔立ちそのものは整っていて、ひとたび笑顔を浮かべればギャップに魅力は倍増。

日頃の練習で鍛えられた体は、引き締まっていながらも付くべき部分にはしっかり肉がついており、小柄ながらスタイルは良い。

それ以外でも、同じスポーツをやっていることもあり、趣味の話もバッチリ合うだろう。

なにより――自分より身長が低い。

過去、身長の低さを理由に女子から振られ、いまだにコンプレックスとして引きずっている水希にとって、これはかなり重要な部分だ。

聞いたところによると、魚見の身長は百五十一センチ。たった一センチだとしても自分より背が低いという事実は、水希にこの上ない安心感を与えてくれる。

「……………」

考えれば考えるほど申し分のない相手。

しかし、そうそう簡単に心が傾いていかないのは、魚見に対する好意の気持ちが、どうしたって天秤《てんびん》に掛けることでしか測れない種類の感情だからだ。

『なにちゃんだっけ？　ほら、ちょっと前にケンカして、その後仲直りした子』

「……………」

天秤のもう片方に乗っかった気持ち。

それを向ける相手の顔を脳裏に浮かべたところで――不意にスマホの着信音が鳴った。

見れば、ＬＩＮＥにメッセージが届いたようだ。

――なんつータイミング……。

アプリを開いて発信者を確かめた水希は、なんとも複雑な心境に陥《おちい》ってしまう。

それでもなんとか気分を落ち着かせると、かわいくデフォルメされた動物のキャラが挨拶《あいさつ》しているスタンプに対して、短く返事をした。

『なに？』

すると相手のほう――高瀬もすぐに既読をつけてきて、数秒後には新しいメッセージを返してくる。

『わ、反応早』

「っ……」

別に普通だし、と反論したい気持ちをぐっと抑えて、水希は相手の出方を待つ。

『ちょっと話したいことがあるの。いまいい？』

「…………」

話したいこと。

先ほどの魚見との一件もあり、ついつい色めいたものを想像してしまうが、いくらなんでも考えすぎだろう。

スタンプ――ハードボイルドなキャラが用件を尋ねている――を送って了承すると、高瀬は『ありがとう！』の一言の後、やにわに電話をかけてきた。

それもビデオ通話だ。メッセージでやり取りするとばかり思っていた水希は面食らってしまうが、まさか拒否するわけにもいかない。

やむをえず応答すると、画面いっぱいに高瀬の顔が映し出される。

『あ、映った！　やっほ～』

「……なんでビデオ通話」

『まだ使ったことなかったから。練習！』

「練習って……」

つい最近スマホデビューしたばかりの高瀬にとって、こうやって連絡を取り合うだけでも新鮮な体験なのだろう。

うきうきを隠しきれない様子で、画面越しに満面の笑みを向けてくる。

『えへへ、なんか不思議な感じだね。遠くにいるのに、顔、すごく近い』

「……で、話しってなに？」

照れくさい気持ちをぐっと堪えて先を促すと、高瀬が思い出したように返事を寄越《よこ》してきた。

『えっとね、今度近くのモールで音楽フェスがあるんだけど、うちの学校の吹奏楽部もそれに参加することになったんだ』

「へぇ、すごいじゃん」

『有名なポップスしか演奏しないから、吹奏楽よく知らない人でも楽しめると思うの。だから下野《しもの》、よかったら聴きに来ない？』

なんてことはない、部活動で行うイベントのお誘いだ。

自宅を訪ねるのに比べればお易《やす》いこと。水希はさして迷うことなく返答する。

「都合つくならいってもいいけど」

『ほんと？　ありがとう！』

満面に喜びをにじませる高瀬。

肝心の日程を伝えることすら忘れて、ハイテンションでまくし立ててくる。

『二曲演奏するんだけど、二曲目のほうにチューバのソロがあってね、わたしが吹くの！』

『チューバって普段、メロディすらほとんど吹かせてもらえないから、すごい楽しみ！』

『でも緊張しちゃう～！　失敗したらどうしよう⁉』

画面越しでも伝わってくるはしゃぎっぷりが微笑《ほほえ》ましい。

相変わらず見た目は大人びているくせに、中身は子供っぽいやつだ。

「で、いつやるんだ？」

『あ、ごめん、言ってなかったね。再来週の日曜日だよ！』

その一言を聞いた瞬間、水希の表情はたちまち曇ってしまった。

再来週というと、月末の日曜日だ。あいにくその日は魚見との先約が入っている。

『午前から始まるけど、うちの学校の出番は少し後になるかな？　午後の一時くらいになると思う』

時間帯もまるまる被っていて、これでは折り合いもつけられそうにない。

苦渋の判断で、水希は高瀬からの誘いに断りを入れることにした。

「悪い。その日、予定入ってるわ」

『え～！　そうなの⁉』

「ごめん……」

『部活？』

「……そんなとこ」

そっか～、と、画面のなかで高瀬が心底残念そうな表情を見せる。

ごまかしてしまったことに気が咎《とが》めるも、まさかほんとうのことを言えるわけがない。

高瀬には特に。――他の女子と出掛けるなんて、知られるわけにはいかなかった。

「っ……」

単なる良心の呵責《かしゃく》では済まされない、バカでかい後ろめたさが水希を襲う。

いっそ真実を打ち明けて楽になりたいほどだったが、高瀬から納得の意思が伝えられてきて、その機会も失われてしまう。

『残念だけど、それならしかたないよね』

「ん……」

返す言葉が見つからず、水希は曖昧に呟《つぶや》くことしかできない。

そのうち、高瀬がやり取りを終わらせる一言を寄越してきた。

『演奏してるとこ、後で動画になるみたいだから、よかったら見てね！』

「……わかった。ごめん」

『うぅん、こっちこそ急に誘っちゃってごめんね。それじゃ、ばいばい、また学校で』

「あぁ……また」

通話が終わり、役目を終えたスマホを放り出すと、水希はベッドに寝転がった。

「…………」

謝ってみたところで、鬱屈な気分は一向に晴れない。

誰《だれ》のせいでもない、自らが招いてしまった状況に、水希はもう不貞寝《ふてね》するしかなかった。

第17話　お喋り

梅雨が一足先にやってきたのか、その日は朝から暗い雲が立ち込めて、空からしとしとと雨を降らしていた。

どう見ても運動をするには不釣り合いな天気だったが、いつも通り早起きした水希《みずき》は、すっかり習慣となってしまった朝練へ向かうため、普段のルーティンで家を出る。

いつもと変わらない通学路――しかしどこか寂《さび》しさを感じてしまうのは、空が曇っているのはもちろん、他にも明確な理由があった。

それは、いつもなら隣にいる人物の姿が、今日に限っては見当たらないからだ。

「ごめん！　ちょっと体調よくないから、今日は朝練休むね」

朝一番で送られてきた、高瀬《たかせ》からのメッセージ。

ここ最近は、ほぼ毎日のように一緒に登校していたが、体調不良ならしょうがない。

――おれも休むべきだったかな。

体調云々《うんぬん》ではなく、こんな天気の日ぐらいは練習を控えるべきだったかもしれない。

自分もたいがいストイックなやつだな――と思いつつ部室まで赴くと、先客の存在を確認し、ストイックなのは自分だけじゃないことを知る。

「…………」

〝以前のような事故〟を起こさないよう、水希は念のため扉をノックした。

すると、

「しばし待たれよ！　いま色々と丸出しなんで！　今朝丸《けさまる》出しなんで！」

案の定、先客の正体は今朝丸だった。

変な想像をしないよう無心で待っていると、やがてなかから「もういいよ～」と声が聞こえてきて、水希はそっと扉を開ける。

「おはまる！」

「うっす」

ベンチに座る今朝丸に挨拶《あいさつ》を返すと、水希はさっそくロッカーに向かった。

初めは抵抗を感じた女子の前での着替えも、いまとなってはまったく気にならない。

免疫がついた、というよりも、今朝丸個人に慣れただけだろう。

雑談を交わす口ぶりも、自然とフレンドリーになる。

「雨なのにちゃんと来たね、さっすがシモジーニョ！」

「なんだよ、その呼び方」

「ニックネーム！　海外の選手みたいでかっこよくない？」

「……ダサいからやめてくれ」

ちなみに後ほど調べてみたところ、ジーニョとはポルトガル語で、かわいいものや小さいものを意味する接尾語らしい。

シモジーニョ——つまり〝小さい下野《しもの》〟と。なおさらやめてほしかった。

「てか、いつもの習慣で来ちまったけど、これだけ降ってたらグラウンド使えないよな。どうする？」

「なんのなんの！　これしきの雨どうってことないぜ！」

そう言って今朝丸は、レインウェアのフードをすっぽり被ってみせる。

いつも通りのプラクティスシャツに着替え終えた水希は、困ったようにこう返した。

「……おれ、レインウェア持ってないんだけど」

「なんと！」

ずっと室内スポーツをやってきたこともあり、運動用のシャツやパンツは揃《そろ》えていても、雨具の類いはまだ持っていないのだ。

「それなら屋根のあるところでフィジカルだー！」

今朝丸は切り替えが早かった。

レインウェアを豪快に脱ぎ捨てると、備品のゴムマットをかついで、勢いよく部室を飛び出していってしまう。

「せめて畳んでいけよな……」

服を脱ぎ捨てるのはいただけないが、さっぱりした気性には好感が持てる。

レインウェアを片付けてやると、水希も部室を出て、今朝丸の後を追った。

そうして屋根のある屋外のスペースに場所を移すと、マットを敷いて体幹トレーニングを開始する。

「ようし、どっちが長くできるか勝負だぜ！」

「はいはい……」

隣り合ってプランク――うつ伏せになって肘をついた姿勢を保つトレーニング――を始めるふたり。

やり慣れているだけあって、お互い余裕があるようだ。姿勢をキープしながら雑談を交わす。

「はぁ～。来週が待ち遠しいですな～」

「なんで？」

「おいおいおい～！　それでもサッカー選手かね、ちみ～⁉」

大げさな口調で今朝丸が叫ぶ。

「五月末っていったら！　チャンピオンズリーグ決勝の時期でしょうが！」

「ふ～ん」

「ふ～ん、て！　楽しみじゃないの⁉」

そう言われてもと、水希は正直に返す。

「そもそも、チャンピオンズリーグがなんなのかよく知らない」

「⁉」

「海外のやつだったっけ？　なんかスポーツニュースで見た覚えがある」

「…………」

「サッカーの試合って、色々あってわかりづらいんだよな」

なんちゃらカップやら、なんちゃら杯やら、サッカーの試合はどうにも種類が多くて混乱する。海外の大会ともなればなおさらだ。

「ばっかもーん‼」

不勉強を叱るように、今朝丸が声を大にして説明を始めた。

「チャンピオンズリーグとはぁ！　欧州最強クラブチームを決める世界最高峰の大会でありぃ！　優勝トロフィー〝ビッグイヤー〟をかかげることはぁ！　サッカー選手にとって最も栄誉なことだと言っても過言ではなくぅ――」

熱のこもった口ぶりで話し続ける今朝丸。

プランクしながらで大丈夫かと心配していたが、案の定、話し終わる頃には息も絶え絶えになっていた。

「はぁ……はぁ……わかった⁉」

「あ、あぁ……大体わかった、と思う」

「ならば……よし……！」

そこでついに力尽き、今朝丸はばたりと倒れ込んでしまう。

マットに体を沈めると、後悔も露《あら》わに敗因を呟《つぶや》く。

「くそぅ……つい喋《しゃべ》りすぎたぜぇ……」

「おれの勝ちだな」

「ぐぬぬ……！」

勝ち誇る水希に、今朝丸は悔しさを隠さない。

すると意趣返しにか、とんでもない話題を持ち出してきた。

「でも下野君だって、来週は楽しみなことあるっしょ？」

「は？」

「ふっふっふ。知ってるんだぜ～？」

嫌な予感を抱かせる、今朝丸の不気味な笑顔。

その予感は、残念なことに的中してしまう。

「うおみんとデートの約束、してるんだろ～？」

「なっ……！」

「告白もされたんだってなぁ～⁉」

「……な、なんで……！」

なんで知っているんだ。

驚きに見張った目でそう訴えると、今朝丸はしれっと種明かししてきた。

「いや～。実はちょっと前から、うおみんに恋愛相談されててさ～」

だから事情は聞かされているんだよね、と。

初耳の情報に、水希は呆然《ぼうぜん》としてしまう。

「でも意外。うおみん、サッカー一筋のキャプテンうおみんだと思ってたのに」

「…………」

「ボールは友達でも、所詮は友達止まりの関係だったということか……！　悪い女だね！　まったく！」

「…………」

恥ずかしいやら気まずいやらで、水希はとても冗談に付き合える心境じゃない。

しかし今朝丸はそんなことなどお構いなしに、さらに踏み込んだ質問をしてくる。

「で、どうするの？　オッケーするん？」

「……それは……」

「付き合うのか⁉　合わないのか⁉　どっちな～んだい⁉」

「バ、バカ！　声がデカい……！」

「ふっひっひ。さーせん」

ぺろりと舌を出し、軽薄に謝ってくる今朝丸。

幸いそれ以上詮索してくる気はないようで、今度は横向きの姿勢になってプランクを再開させた。

「しかしシモジーニョも隅に置けないねぇ。まさかあのうおみんの心を射止めるとは！」

「だからその呼び方はやめろって……」

同じ姿勢を取りながら、水希は不名誉なあだ名を拒絶する。

そこでふと、言っておかなければならないことを思いつき、しぶしぶながら口を開いた。

「……一応言っとくけど、このことは誰《だれ》にもバラすなよ」

かつて失恋を言い振らされてしまった経験を持つ身としては、恋愛関係の噂話《うわさ》には慎重にならざるを得ない。

釘《くぎ》を刺す水希だったが――今朝丸から返ってきた言葉は、にわかには受け入れがたいものだった。

「あ～、ごめん。もうちらほら話しちゃった！」

「は⁉　……だ、誰に⁉」

とっさに問い詰めると、最悪としか言い様がない答えが返ってくる。

「たまちゃんでしょ？　それに――高瀬さんにも話しちゃった！」

「……！」

背筋がぞっと寒け立ち、全身から力が抜けてしまう。

姿勢を維持できなくなった水希は、両手をマットにつくと、うなだれるように頭を垂れた。

「いや～、すまんすまん！　お喋りなもんで、ついね！　許せ！　許セードルフ！　わからんか！　だっはっは！」

煙に巻いてくる今朝丸の言葉も、もはや耳に入らない。

人の口に戸は立てられぬとは言ったものだが、まさか一番知られたくない話を、一番知られたくない人物に知られてしまうとは。

運命のいたずらとしか思えない巡り合わせに、水希は絶望するより他なかった。


体調不良で朝練を休んだ高瀬だったが、学校にはちゃんと来られたようだ。

めずらしく始業時間ぎりぎりで席につくと、表向きは元気そうに挨拶してくる。

「おはよ～」

「……うっす」

素っ気なく返す水希だが、その心中は落ち着きがない。

魚見《うおみ》との一件を知られたことが、果たして高瀬との関係にどう影響を及ぼしているのか。

そわそわするあまり、いつも受け身な水希にはめずらしく、自分のほうから話しかけていく。

「……体調、大丈夫なのか？」

「うん。もう大丈夫だよ」

授業の準備を進めながら、高瀬はあくまでにこやかに言う。

「病気とかじゃないの。たぶん寝不足かな？　なんだか今朝は体がだるくって」

「そうか……」

「少し横になったらだいぶよくなった～。心配かけてごめんね」

「いや……いいんだけど……」

当たり障りのない会話が逆にもどかしい。

もしかしたら、高瀬はなんとも思っていないのだろうか？

自意識過剰になっているだけで、向こうはこちらのことなど、大して興味ないのでは？

「…………」

たとえそうだとしても、自分が感じている後ろめたさに変わりはない。

――謝らなきゃ。

高瀬の心の内はわからない。

それでもせめて、部活だとごまかして誘いを断ってしまったことだけは謝ろうと、水希はそう決心する。

「おはよう。席つけー」

と、そこで担任が教室にやってきて、一時間目の授業が始まってしまった。

いくら隣の席とはいえ、授業中にこそこそ話すわけにはいかない。

それにできれば、周りに人目がないときに話したかった。

そうしてタイミングをうかがうこと、数時間――

授業終了後の清掃時間になり、やっとチャンスが巡ってくる。

――高瀬は階段か。

割り当てられた階段の掃除に向かう高瀬。

自分の受け持ち箇所を手早く終わらせた水希は、人目を忍んで接触に向かう。

しかし――そこには高瀬以外の人物の姿もあって、水希の足は直前で止まってしまった。

――戸川《とがわ》も一緒か……。

どうやら同じ当番だったようで、戸川がほうきを手に階段を掃いている。

高瀬はちり取りでゴミを集めており、ふたりで協力しながら進めている様子だ。

「それで久保《くぼ》のやつが――」

「うそー。びっくり――」

掃除のかたわら雑談しているらしく、ふたりの楽しそうな声が聞こえてくる。

「…………」

出直すべき場面だったが、どうにもやり取りの内容が気になってしょうがない。

いけないとは思いつつも、水希は階段上、ふたりから見えない位置に身を隠すと、こっそり耳をそばだてる。

「――そうだ、高瀬さん」

「なに？」

「友達に聞いたんだけど、今度の日曜日、吹奏楽部がイベントに出るんだってね」

戸川が口にした話題に、水希は思わずぴくりと反応してしまう。

日曜日のイベントといったら、まさに自分が誘いを断った、例の音楽フェスのことで間違いない。

「そう！　モールでやるフェスに参加するんだ～」

「へぇ～、すごい。お客さんたくさん来るのかな？」

「うん。吹奏楽で有名な高校も参加するから、たぶんそこ目当てでいっぱい来ると思う」

「緊張しない？」

「めちゃくちゃするよ～。わたし今回、ソロも任されちゃったし」

「そうなんだ。どんな曲を演奏するの？」

「えっとね――」

少し前まで戸川に対して壁を作っていた印象の高瀬だったが、ここ最近は心を開きつつあるようだ。

楽しそうにお喋りするその声色は、普段自分に向けられるものと大差ない明るさで――どうしてだろう、水希の心はにわかにざわついてしまう。

と、そこへさらに、水希の心を波立たせる言葉を戸川が発するのだ。

「そのイベントって、誰でも見にいっていいの？」

「うん。野外ステージだから、誰でも自由に見れるよ」

「じゃあ、ぼくも見にいっていいかな？」

どきりと、胸がひときわ大きく鼓動を打つ。

だが、それ以上に水希を動揺させたのは、続く高瀬の返答のほうだった。

「もちろん！」

「………………」

なにも、おかしいところはない。

戸川の行動も、高瀬の態度も、いたって自然でまっとうだ。

それなのに――

「高瀬さんの晴れ舞台が成功するよう、客席から応援してるよ」

「えへへ、ありがとー」

――それなのに、どうしてこうも嫌な気分になってしまうんだろう。

「……っ」

いたたまれない気持ちに、水希はさっと踵《きびす》を返す。

それでもつきまとってくる不快感は、筋違いだとわかっていても、理屈ではどうしようもできないものだった。

第18話　悔いのない選択

　結局、高瀬《たかせ》に謝罪も言い訳もできないまま、水希《みずき》は約束の日曜日を迎えてしまった。

　さらに言えば、肝心な告白の返事もどうするか決めかねていて、まったくもって宙ぶらりんの状態だ。

　自分でも呆《あき》れてしまうぐらいの愚図《ぐず》っぷりだったが——こうなったら出たとこ勝負で臨むしかない。

　水希は前回と同じく、待ち合わせ場所の駅前に自転車で移動すると、バスターミナルのベンチで魚見《うおみ》の到着を待つ。

　ほどなくして、魚見がバスでやって来た。

「水希君！　お待たせ」

　この前はスカートだったが、今日の魚見はショートパンツコーデだった。

　いかにも休日のスポーツ少女といった印象で、引き締まった脚に丈の短いパンツがよく似合っている。

「今日暑いねー」

「そっすね」

「最高気温、三十度超えるらしいよ」

「まじすか。やば」

当たり障りない会話もほどほどに、ふたりは地下鉄に乗り込み移動する。

行き先は地元でも有数の水族館。魚見からの要望だったが、デートスポットとしては申し分ないだろう。

やがて目的地に到着すると、入り口横のチケット売り場で入場券を購入し、さっそく入館する。

「うわ～。水族館なんていつぶりだろ！」

魚見のテンションは出だしから最高潮だ。

パンフレット片手に、人気のイルカ、全国的にも希少なシャチ、愛らしいベルーガの水槽を順番に回っていく。

「写真とろ、写真！」

「あ、はい……」

決してつまらないわけではないのだが、水希はどうしても素直に楽しむことができない。

そのまま魚見にリードされて館内を巡っていくと、やがて大きな水槽の前に到着する。

「あ、見て。イワシのエサやり始まるみたい」

うきうきした調子で言う魚見に、しかし水希は懐疑的だ。

イルカやシャチならまだしも、イワシのエサやりなんて見物したところで、おもしろくもなんともないのではないか。

だが予想に反して、水槽の前には続々と人が集まってくる。

やがて開始のアナウンスが流れ、雰囲気の良いＢＧＭがかかると――水希は自分の考えがまったく見当違いだったことを知る。

「うお……」

エサを追い求めて、イワシの群れがまるでひとつの生き物みたいに渦を巻いて泳ぎ出す。

それだけでもかなりの迫力だが、照明が落とされ、色鮮やかにライトアップされた演出も相まって、水槽のなかの光景はうっとりするほど幻想的だ。

「きれい……」

すっかり心奪われた様子の魚見。

おもむろにスマホを構えると、動画の撮影を始める。

「う～ん……」

しかし前の観客が邪魔になって、どうにも上手《うま》くいかないようだ。

自分が撮影を代わっても、ほとんど同じ身長だ、結果は変わらないだろう。こういうときこそ、人並みの身長があればなとつくづく思う。

「…………」

撮影にてこずる魚見の姿に、水希はふと考えてしまう。

こんなとき、あいつなら。

――高瀬なら、余裕で撮れてたかな……。

「……っ」

どうしてここで高瀬が出てくるんだ。

デート中に他の女子のことを考えるなんて、そんなの魚見に対して、あまりに失礼じゃないか。

「あ、もう終わっちゃった。しょうがない、次いこっか」

「は、はい」

すぐに頭を切り替える水希だったが、結局その後も、行く先々で高瀬のことばかり考えてしまう。

高瀬なら。高瀬だったら――

そうやって気もそぞろに館内を回っていると、いつのまにか午前も終わりに近づいていた。

「あれ、もうこんな時間か」

魚見が館内の時計を見て呟《つぶや》く。

「楽しい時間は早く過ぎちゃうね」

「そ、そっすね……」

ぎこちなく受け答えする水希にも、魚見はあやしんだ様子を見せない。

それだけ楽しんでいる証拠だろう。普段よりも高く明るい声音で、饒舌《じょうぜつ》に話し続ける。

「実はわたし、水族館ってちょっと苦手だったんだ」

「そうなんすか？」

「ほら、わたしの名字、魚見でしょ？　そのせいで小学生の頃、校外学習で水族館来たときに、男子から冷やかされちゃって」

「魚見が魚見てるぞ、みたいな？」

「そうそう！　くだらないでしょ？」

相好を崩す魚見。

水希も釣られて笑うが、どうしても愛想笑いっぽさがぬぐえない。

「でも、実際来てみたら、やっぱり楽しかった」

「よかったっすね」

「うん。――水希君と一緒だったから、余計にそう感じたのかな？　なんて」

「っ……」

こんないじらしい台詞《せりふ》をはにかみながら言われてしまえば、問答無用で照れてしまう。

異性から好意を向けられる快感は、やはりどうやっても抗しがたいものだ。

後ろめたい気持ちは相変わらずあったが、胸のどきどきは抑えきれず、水希は相反する感情に悩まされる。

「さて。この後どうしよっか」

「おれはなんでも……」

「それじゃ——あ、イルカショー見にいく？　水族館来たんなら、やっぱりこれは外せないでしょ」

「そっすね」

「開始時間までもう少しあるみたい。でも混みそうだし、早めに移動して席、確保しとこっか」

「了解っす」

「決まり！」

手をパチンと打ち鳴らすと、魚見はさっそく行動を開始した。

「っと、その前にちょっとお手洗いいってくるね」

「はい」

「すぐ戻ってくるから！」

駆け足でトイレに向かっていく魚見。

はきはきとしたその姿に、水希は改めて考えさせられる。

――断る理由はないよな……。

外見も、内面も、申し分なく魅力的な相手だ。

一緒にいて楽しいし、もし付き合うことになったら、きっと薔薇《ばら》色の毎日が待っているだろう。

告白を断る理由は、どこにもない。

どこにもないと言うのに、どうしてこうも踏ん切りをつけられないのか――

「――ッ！」

突如、見覚えのある人影が眼前を横切り、水希ははっとして目を見張った。

歩くたびにさらりとなびく、艶《つや》やかな黒髪。

一瞥《いちべつ》しただけでも目を引かれる、女性にしたらかなりの高身長。

そんなわけない。でもまさか……。

「あっ……！」

反射的に呼び止めてしまい、女性が振り向く。

そこにあった顔は――もちろん見知らぬ人のもので、水希はすぐに正常な思考を取り戻した。

――バカか、おれは……。

高瀬がこんなところにいるわけない。後ろ姿が似ていたとはいえ、早とちりも甚だしい。

「す、すみません……！」

慌てて謝ると、女性は怪訝《けげん》そうに立ち去っていった。

「……はぁ」

みっともない有り様に、自然とため息が口をついてしまう。

それと同時に、いよいよ諦《あきら》めもついた。

もう認めるしかないと、水希は曖昧だった気持ちに、言葉ではっきりとかたちを与える。


——おれは、高瀬のことが気になってる……。


もちろん、ひとりの異性として。

それも、魚見と——告白してくれた女の子と同列に考えてしまうほど、強く意識してしまっていた。

「…………」

水希はそっと時計に目をやる。

時刻は丁度、正午に差しかかったあたり。

確か高瀬の出番は、午後の一時からだったか。

まだ、間に合う。

「…………」

なんにせよ、答えは出さなければいけない。

だとしたら、せめて悔いのない選択をしようと、水希はいよいよ覚悟を決めるのだった。


「うわ。もう席取られてるし」

メインプールがあるスタジアムに到着すると、観覧席にはすでに結構な人数の観客が集まっていた。

どうやら中央周辺の席が人気のスポットらしく、そのあたりはほとんど埋まっている状況だ。

とはいえ、数千人単位で収容できる巨大なスタジアム、場所を選ばなければ空席はいくらでもある。

魚見の先導に従い、水希はスタジアムの右端、前から五番目あたりの席に腰を下ろした。

「このへんなら、さすがに水被《かぶ》らないよね」

「……たぶん、大丈夫だと思うっす」

「他の人たちはいつから席取りしてるんだろ？　やっぱりイルカショーって人気あるんだね」

「……そう、みたいっすね」

気構えるあまり、水希の態度はどうしても強張《こわば》ってしまう。

さすがに魚見も異変を察したようで、心配そうな表情で尋ねてきた。

「どうしたの？　さっきから元気ないけど」

「いや……」

「もしかして、体調悪くなっちゃった？」

「そういうわけじゃなくて……」

もう、この場で言うしかない。

覚悟を決めた水希は、ついに本題を切り出した。

「……あの、この前の、返事なんですけど……」

「あ……うん」

両手を膝《ひざ》の上で揃《そろ》え、傾聴の姿勢を取る魚見。

張り詰めた空気のなか、水希は慎重に言葉を絞り出す。

「……おれ……その……」

ほんとうにこれでいいのか？

この選択に後悔はしないか？

最後まで念入りに自問自答するも——やはり自分の気持ちは変わらない。

確固とした想《おも》いを胸に、水希はきっぱりと言った。

「……ごめんなさい。やっぱりおれ、魚見さんとは付き合えないっす」

返答は、すぐに返ってこない。

恐る恐る隣をうかがうと、そこには――目を伏せて唇をかみしめる、寂《さび》しげな魚見の横顔があった。

「そっかぁ……」

「……ごめんなさい」

「ううん！　いいんだよ」

気丈に振る舞ってみせる魚見だが、やはり内心ではショックだったようだ。

張りのない声で、怖々尋ねてくる。

「……でも一応、理由、聞いてもいいかな？」

「…………」

水希は言葉を躊躇《ためら》わせる。

それでも、ここではぐらかすようなら、それは魚見に対してあまりに不誠実だ。

「……他に、気になる子が、いるんです」

外からは日差しが、内からは羞恥の熱が、水希の顔を真っ赤《まか》にさせる。

それをごまかすように、早口で謝りの言葉を続けた。

「ごめんなさい。おれ、なんか、中途半端《ちゅうとはんぱ》で……」

「ううん、謝らないで」

その必要はないと、魚見は小さく頭を振ってみせる。

そしてどこか自嘲気味に、ぽつりと本音を呟くのだ。

「ていうか、中途半端はわたしのほうだし……」

「え……？」

「……ずっと、サッカーばかりやってきたの」

揺れるプールの水面を見つめながら、魚見は真剣な面持ちで語りだす。

「親がサッカー好きで、習い事代わりにスクール入れられて、中学からはいまのチームに入団して……わたしにとってサッカーって、ずっと日常だったんだ」

「…………」

「でも最近……ほんとにこのままでいいのかなって、よく考えるようになって」

「…………」

「将来に繋《つな》がるかどうかもわからないのに、毎日必死に練習ばかりしてさ。——周りの子たちは、真面目《まじめ》に勉強したりとか、……彼氏作ったりとか、まっとうな青春を送ってるのに。自分だけ人生無駄にしてない？　って」

「…………」

「……情けないよね。前に努力云々《うんぬん》、偉そうに語っておいてこれだもん」

「そんなこと……」

「そんなことあるよ。だって、恋愛を逃げ道にしたんだから」

「………」

「こんな中途半端な気持ちじゃ、振られて当然だよね」

「………」

徐々に席が埋まり、騒がしくなっていくスタジアムのなか、湿っぽい空気がふたりを包む。

それをどうにかしようとしてか、魚見がここで一転、ことさら明るい声色を作ってみせた。

「あ、だけど勘違いしないでね！　誰《だれ》でもよかったってわけじゃないから！」

そう言いながら浮かべる笑顔には、しかし明らかな無理が見て取れる。

その証拠に、魚見の言葉はだんだん勢いを失っていく。

「水希君のことは、ほんとに良いなって、……好きだなって、そう思って……」

ついには言葉に詰まって、行き場を失った感情が瞳《ひとみ》を濡《ぬ》らした。

「だから、わたし……。それで……――あ、やば……」

「魚見さん……」

「あはは、ごめん……」

空笑いを浮かべる魚見。

目尻に浮かんだ涙を指先で拭う仕草に、水希の心はずきずきと痛んでしまう。

「……あの……」

いまさらどうしようもなかったが、せめてこれだけは伝えておこうと、水希はおずおずと口を開いた。

「こんなこと言っても、慰めにならないかもですけど……」

「……？」

「……おれ、さっき言った、き、気になる子がいなかったら、魚見さんの告白、絶対オッケーしてました」

「………」

「魚見さんのこと……最初ちょっと怖いかなって思いましたけど、仲良くなってみたら、ちゃんとかわいい女の子で……それに――」

脳裏をよぎるのは、ピッチ上でボールを自在に操《あやつ》る、魚見のユニフォーム姿。

いまのような服装もいいけれど、やはり魚見にはそちらのほうが、プレー中の姿が一番良く似合う。

「――それに、サッカーしてる姿は、めちゃくちゃカッコいいんで！」

「………」

「だから、えっと……」

思わず感情のまま叫んでしまったが、女子に対してこの言い方はどうなんだ。

そうやってあたふたしていると、水希は案の定、魚見からジト目を向けられてしまった。

「……なによ、カッコいいって。ちょっと失礼なんじゃない？」

「ご、ごめんなさい……」

「……ふふ」

しかし、魚見の態度はあくまでふりだけだった。

憑《つ》きものが落ちたように表情を緩めると、穏やかな口調で言う。

「そう言ってもらえただけでも、サッカーやっててよかったと思うよ。――ありがとね」

すると魚見は、今度こそ空笑いなんかじゃない、顔をくしゃくしゃにした本物の笑顔を作ってみせた。

少し大げさに聞こえた言葉は、それでも決して、強がりで言っているようには聞こえなかった。

第19話　好きなんだな

地下鉄の階段を足早に駆け上がると、真夏のような強い日差しが水希《みずき》を出迎える。

思わず目をすがめながら、反射して見づらいスマホのディスプレイで時刻を確認すると、午後の一時まで残すところ数十分ほど。

――まだ間に合う……！

そう思うや否や、水希は駐輪場へと駆け足で向かい、飛び乗るように自転車に跨《また》がった。

そのまま立ち漕《こ》ぎでペダルを踏み込むと、車道脇《わき》の自転車レーンへ進み、一気にスピードに乗る。

向かう先は、隣の区にあるショッピングモール。目的はもちろん、そこで行われる音楽フェスの観覧だ。

「っ……！　っ……！」

一心不乱にペダルを漕ぎ、許される限界の速度で先を急ぐ。

炎天下での全速力に、すぐさま全身から汗が噴き出すが、とても構ってはいられない。

なにしろ、デートを早々に切り上げてここまで戻ってきたのだ。事情を説明したとはいえ、これで間に合わなかったりでもしたら、納得して送り出してくれた魚見《うおみ》に顔向けができない。

「はぁ……はぁ……！」

冷静に考えれば、ここまで必死になる必要もない。

約束をしたわけでもなし、たとえ間に合わなかったとしても、なんら問題はないだろう。

「っしー、っしー……！」

それでも水希は、苦しさにぐっと歯を食いしばりながら、息せき切ってペダルを漕ぐ。

その胸の内にある動機は、理屈でも、損得でもない。

もっと純粋で、ひたすらに一途《いちず》な気持ちが、水希を前へ、前へと駆り立てるのだ。

そうしてアスファルトを疾走することしばし、目的地のモールに到着する。

すでに時刻は一時を過ぎているが、幸いフェスの会場は駐輪場から目と鼻の先だった。

水希は自転車を駐《と》めると、すぐさま観客席に直行する。

——まだ始まってない……よな?

息を整えながらステージ上をうかがうと、同じ柄のシャツとハーフパンツで統一された女子の集団が、それぞれ楽器の準備にバタバタしている。

見覚えのある顔がちらほら混じっているので間違いない、同じ中学の吹奏楽部の面々だ。

どうやらぎりぎり間に合ったらしい。水希はほっと息をつくと、高瀬《たかせ》の姿を探して視線を巡らせた。

──……いた。

長身で目立つ高瀬の姿はすぐに見つけられた。

どうやら本番前の音出しをしているようで、ステージ後方の席、真剣な表情でチューバを吹いている。

「………」

ステージは客席からほど近い。周囲もざわついているので、声をかけても迷惑にならないだろう。

──どうしよう……。

踏ん切りをつけられずにいると、ステージ上、別の誰《だれ》かが高瀬に声をかけた。

小柄なショートカットの女子──藤本《ふじもと》だ。

高瀬の耳元でなにごとかささやくと、突然こちらのほうに指を差してくる。

どうやら自分の存在にいち早く気づき、高瀬にそれを教えてくれたようだ。

きょとんとした表情の高瀬と目が合う。

「っ……」

途端に照れくさくなってしまった水希は、それでも手を小さく振って挨拶《あいさつ》した。

すると高瀬のほうも、戸惑った様子で手を振り返してくる。

──う……。

なんとも言い難《がた》い感覚に、ただでさえ火照った体がさらに熱くなってしまう。
別におかしなことはしていない、落ち着け――そうやって高ぶった感情を静めていると、
やがて準備も整ったようで、司会者とおぼしき女性がマイクを通して声を響かせた。

「お待たせいたしました。それでは――」


簡単な紹介の後、吹奏楽部の顧問が拍手で迎えられる。

水希もよく見知った音楽の教師は、観衆に一礼すると、部員たちのほうへ向き直り、ろくに構えもせず指揮棒を振った。

途端、最前列の部員が楽器を鳴らし出す。

後ほど聞いたところ、その楽器はアゴゴベルというものらしい。

コンコン、カンカンと、小気味良い音がリズムを刻むと、それに合わせて部員たちが両手を頭上で打ち鳴らす。観衆も示し合わせたかのように手拍子をしだした。

――この曲は……。

吹奏楽に詳しくない水希でも知っている有名な曲――『宝島』だ。

技術的なことはわからないが、ノリの良さだけは感覚的に伝わってくる。

リズムに合わせて体を揺らす水希だったが――曲も中盤に入り、『宝島』の華ともいえる

サックスソロが始まろうとしたとき、ぴたりと硬直してしまった。

ソロを担当する部員が席を立ち、ステージの前に進み出てくる。

——吉木……。

かつて恋心を寄せていた因縁の失恋相手の登場に、水希の顔はどうしても強張《こわば》ってしまう。

一方の吉木は、自信満々に楽器を構えるや、ソロパートを高らかに吹き始めた。


「上手～」

「華があるね」

「ね。かわいい」


演奏技術もさることながら、その整った容姿と華やかなオーラに、観衆は魅了されているようだ。

周囲から吉木を褒めたたえる言葉が続々聞こえてくるが——なぜだろう、それを耳にしても、水希のなかで共感する気持ちは少しも生まれてこない。

意外と腹黒い本性を知っているから——という理由以上に、客観的に見ても、どうしてか心が惹《ひ》かれないのだ。

——なんか、変な感じだな……。

以前はあれほどかわいく見えていたのに、いまでは不思議となにも感じない。

かといって否定的な感情を抱いているわけでもなく、心境はいたってフラットだ。

「…………」

水希は漠然と、吉木への執着を捨てることができた自分自身を自覚する。

失恋の傷が癒えたわけじゃないし、コンプレックスも克服できたわけじゃない。

それなのに、なぜ――


「ありがとうございました。続いて――」


『宝島』の演奏が終わり、司会者の女性が舞台を進行する。

次に演奏する曲は、有名なJポップの吹奏楽アレンジのようだ。

たしか二曲目のほうでチューバのソロがあるという話なので、高瀬にしてみればここからが本番だろう。

本人もかなり意気込んでいるようで、ステージ上の表情には、はっきりと気負いが見て取れる。

「ワン、ツー、ワン、ツー……」

顧問の指揮に合わせて演奏が始まる。

割と最近にヒットした楽曲ということもあり、観衆の受けも良いようだ。

手拍子をする人や、歌詞を口ずさむ人もいて、水希も自然とリズムに乗って体を揺らす。

そのまま演奏は順調に進み――そしていよいよ、高瀬の出番がやってきた。

見るからに重そうなチューバを抱えて、マイクが設置されたステージ前方へと進み出てくる。

――がんばれ……。

はらはらしながら、水希は内心でエールを送る。

それが届いたわけでもないだろうが、高瀬はこちらを一瞥《いちべつ》すると、表情を引き締めて楽器を構えた。

固く結ばれた唇がマウスピースに添えられ、次の瞬間、腹の底に響くような低音が会場に響き渡る。


「お、チューバソロだ」

「立って吹くの大変そ～」

「楽器も女の子も大きいね」

先ほどと同様、周りの観客たちから感想が聞こえてくる。

しかしそれらの声は、どれも物珍しさから発せられた類いのもので、吉木に向けられていたものとは少々毛色が違う。

「…………」

確かに、吉木と比べれば地味だ。

楽器の音色も、ぱっと見での容姿も、明らかに向こうのほうが華やかだ。

「…………」

それでも水希は。

それでもこの会場で、水希だけは。

そんな高瀬の姿に、一切《いっさい》の掛け値なく、見惚《みほ》れてしまっていた。

──やっぱり……。

全部が輝いているように見える。

演奏に集中しきった、底抜けに真剣な眼差《まなざ》しも。

衆目に怯《ひる》むことなく、ぴんと伸ばされた背筋も。

汗にまみれて額に張りつく、乱れた前髪でさえ。

──やっぱり、おれは……。

ソロが終わり、会場を拍手が包み込む。

役目をまっとうした高瀬は、深々とお辞儀すると、顔を上げてにっこり微笑《ほほえ》んだ。

汗だくになって、顔をくしゃくしゃにして笑うその姿に、目を釘《くぎ》付けにしながら水希は思う。

もういまさら、ごまかすことはできないと。

躊躇《ためら》うことなく、はっきりと、噛《か》みしめるように。


――……高瀬のことが、好きなんだな。


「下野《しもの》！」

フェスが終了して間もなく。

『ちょっと話したい』というメッセージを受け取った水希が駐輪場で待っていると、送り主の高瀬が息せき切って駆け寄ってきた。

「……よぉ」

自転車に跨がりながら、水希は素っ気なく応答する。

一方の高瀬は、相当急いでやって来たのか、肩で息をしながら慌てて喋《しゃべ》り出した。

「びっくりしたっ。たまちゃんが、いるよって言うからっ、見たらっ、ほんとにっ、いるんだもんっ」

「落ち着けって……」

「う、うん。ごめん……」

息を整えると、高瀬は改めて口を開く。

「はぁ～。でも、ほんとに驚いちゃった。用事あるって言ってたから、わたしてっきり来ないものだって……」

「悪いな、急に来て。迷惑だったか？」

「ううん！　ぜんぜん！」

即答で否定する高瀬。

さらに念を押すよう、一言付け加えてくる。

「むしろ……うれしかった」

「そ、そうか……」

にやけそうになる顔を悟られないよう、水希は自ら話題を広げていく。

「そ、そういえば。ソロ演奏、うまくいってたじゃん」

「うん！　なんとか失敗しないで吹けたよぉ～、よかったぁ～」

「拍手もいっぱいもらってたな」

「えへへ……。ちょっと恥ずかしかったけど」

控え目に言いつつも、高瀬は誇らしげな様子だ。

顎を引き、伏し目がちに水希個人の感想を求めてくる。

「わたしの演奏、どうだった？」

「……おれ、音楽のことはよくわかんないけど」

そう前置きしてから、水希は正直な気持ちを伝えた。

「でも、高瀬がすげー真剣に楽器吹いてたことだけは、なんか伝わってきた」

「………」

「スポーツでもそうなんだけどさ、真剣に努力してきたやつのプレーって、なんとなくわかるんだよ。あ、こいつめちゃくちゃやってきたなって」

「………」

「ただの思い込みかもしれないけど……。でも、高瀬の演奏を聴いてて、そういうのを感じた」

「………」

「だから、その……楽しかったし……感動、したかな」

言っているうちに恥ずかしさが込み上げてきて、水希の言葉は尻《しり》すぼみになってしまう。

しかし恥ずかしいのは、聞かされているほうも同じだったらしい。

顔を赤らめた高瀬が、自転車のカゴを揺すって猛烈に抗議してきた。

「もぉ～！　照れちゃうでしょ～！」

「じ、自分から聞いてきたんだろ！」

「そうだけど～！」

「やめろ、揺らすなって！」

押し問答を続けるふたり。

しばらくしてそれも治まると、落ち着きを取り戻した高瀬が、いよいよ核心に踏み込んできた。

「……でも、よかったの？」

「なにが？」

「だって……今日、他に用事、あったんでしょ？」

「……まぁ、そうだけど。早めに切り上げてきたから問題ない」

「え。でも……」

言葉に詰まる高瀬。

事情を知っていても、うかつには言及できずに困っているのだろう。

どのみちここは避けて通れないと、水希ははっきりと言った。

「気ぃ遣わなくていい。今朝丸《けさまる》から話、聞いてるんだろ」

「っ……じゃあ、どうして……？」

一瞬ぎくりとした後、高瀬は恐る恐る尋ねてくる。

「どうして、来てくれたの……？」

「……それは……」

決まっている。

高瀬のことが、好きだからだ。

いまさら疑う余地はない。

ない、のだが――

――……言えるわけねーッ!!

気持ちを確かめたとはいえ、それを伝えられるかどうかは別問題だ。

しかし他の女子を差し置いて、高瀬を優先したことは疑いようがない事実。

「……えっと……その……」

いったい全体どう説明したものか。

土壇場に立たされた水希は――ほとんどやけくそになって叫んでいた。

「……高瀬が……い、一番だから！」

「え？」

「ま、前に言っただろ！　おまえが、女子のなかでなら、一番仲が良いって！」

写生大会でのやり取りを引き合いに出した言い訳は、苦し紛れではあっても、一応の筋は通っていた。

またしても尻すぼみになってしまうが、それでも水希は強情に言い張る。

「だから……優先しただけだ……」

「……そっか」

「……そ、そうだ」

「……うん。……わかった」

ひとまずは納得してくれたようだ。

柔らかく微笑むと、高瀬は言う。

「ごめん。このあとバスで学校まで戻るから、そろそろいかないと」

「お、おぉ……」

「今日は聴きに来てくれてありがとう。ばいばい！」

元気いっぱいに別れの言葉を告げると、高瀬は身を翻《ひるがえ》して駆け出した。

しかし数歩のところで立ち止まったかと思えば、やにわに振り向き、周囲の目など気にせず叫ぶのだ。

「下野！」

「？」

「わたしも、下野が一番だよ！」

「…………」

意味を尋ねる間もなく、高瀬は走り去っていく。

男子のなかでなら一番仲が良い――十中八九、そういう趣旨での発言だったのだろうが……。

「……っ～！」

好きな女の子からこんなことを言われて、なにも意識しない男はいない。

すっかり男心を射抜かれてしまった水希は、しばらくの間、その場で悶《もだ》え苦しむのであった。

エピローグ

初めは乗り気になれなくても、実際にやってみると案外楽しいことって、結構あったりする。

部活で楽器変更したときも、最初は嫌々だったけど、いまじゃチューバのことが大好きだもん。

「――い～ち――に～い――」

こうしてサッカーボールを蹴《け》るのだってそう。

球技大会の練習でやってみたら、なんだか楽しくなっちゃって、いまじゃマイボールを買って練習するぐらい趣味になっちゃった。

まだぜんぜん、下手っぴだけどね。

「――さ～ん――し～い――あ～！」

蹴り損なったボールが明後日《あさって》の方向に飛んで、芝生の上をコロコロ転がっていく。

最近お手入れしたばかりの家の庭は、芝がだいぶ短くなっていて、おかげでボールがよく滑る。

下手っぴなやつに蹴られたくないよ～！　なんて声が聞こえてきそうなくらい、するすると逃げるように遠ざかっていくボールを、わたしは慌てて追いかけた。

「むぅ、リフティングって難しい……」

ボールは無事に回収できたけど、さっきから何度やっても上手《うま》くいかないから、ついつい弱音が出てきちゃう。

これだけ大きい体に恵まれたんだから、運動神経だってもうちょっと恵まれててもいいのに。

天は二物を与えず？　だったら身長じゃなくて、他の才能がほしかったなぁ。

でも、こうやって壁にぶつかることは、楽器の練習で慣れっこだ。

だから、対処法だってちゃんと知ってる。

それはずばり——恥ずかしがらず人にアドバイスを求めること！

一緒に練習する同級生の男の子に、わたしは助言をもらうことにした。

「下野《しもの》、やっぱり上手だね。なにかコツとかあるの？」

「コツ？」

同じようにリフティングの練習をしている下野が、ボールを蹴りながら器用にこっちを向く。

でも集中が途切れちゃったみたいで、次の瞬間には失敗して、ボールを地面に落としちゃった。

声かけるタイミング悪かったね。ごめん。

「コツっつってもな。ゆうておれも、そんな上手くないし」

「え～、そんなことないよ。十回以上できてるじゃん」

「これぐらいじゃまだまだ……、むしろ下手なほうだって」

「そうなの？」

てっきり謙遜してるのかと思ったけど、そういうわけでもなかったみたい。

下野が引き合いに出した上級者の記録に、わたしは目が飛び出るくらい驚かされちゃった。

「今朝丸《けさまる》とか、最高記録千回以上らしい」

「千回⁉　すっご～！」

そのあとは、「感覚掴《つか》むまで、ももでやってみたら？」という下野のアドバイスに従って、リフティングの練習を続けてみた。

確かにももでやってみると、足の甲でやるよりだいぶ簡単で、回数も順調に伸びていく。

「ふぅ～」

でも足を高く上げる分、体力の消耗が激しくって、熱中してたらすぐに息が上がってきちゃった。

ちょっと休憩しようかな、って考えてたら――タイミングバッチリ！

「ふたりとも～。少し休んだら？」

ママ——お母さんが、飲み物をお盆に乗せて庭に出てきた。

すぐに練習を中断して、そっちへダッシュ。水滴がいっぱいついたグラスを受け取って、ベランダにぺたんと座った。

少し遅れて、下野もやって来る。

「下野君もどうぞ。麦茶でよかった？」

「あざっす。いただきます」

敬語で話す下野がめずらしくって、なんだかちょっとおもしろい。

じっくり観察してたい気分、なんだけど——

「しっかり水分補給してね。熱射病になったりしたら大変だから」

「は、はい」

「あら、すごい汗。タオルは持ってきてる？」

「も、持ってきてます」

「そういえばこの前、お家に電話したときにね、下野君の——」

「お、お母さん！　もういいから！」

「はいはい」

わたしは大きな声でお母さんを追い返す。

同級生——それも男子相手にぺちゃくちゃお喋《しゃべ》りしないでほしい。

だって、なんだかすごく恥ずかしいんだもん。

「もぉ、すぐに出しゃばってくるんだから……」

「優しくていいじゃん」

「え～、よくないよ。下野のお母さんはちがうの？」

「うちは結構ほっとかれるかな」

「絶対そっちのほうがいい～」

「だけど部屋の掃除は勝手にやられる。やめろっつってるのに……」

前まではちょっと素っ気なかった下野だけど、最近はこうやって普通に喋ってくれるからうれしい。

……この雰囲気なら、ずっと気になってた〝あの話〟をしてもいいかな？

でも下野、絶対困るだろうし……どうしよう。

「………」

迷ったけど、やっぱりモヤモヤしたままではいられない。

気まずくなっちゃうのを覚悟で、わたしは聞いてみることにした。

「……この前、ほんとうに大丈夫だったの？」

この前っていうのは、フェスがあった日――下野が駆けつけてくれた日曜日のこと。

ぼやかした言い方だったけど、これで十分伝わったみたい。

一呼吸置いて、下野から反応が返ってくる。

「……まぁ」

「でも……あの日、デートだったんでしょ？」

「べ、別に、そんな大層なもんじゃ……」

下野、やっぱり困ってる。

でもここまで来ちゃったら、もう中途半端《ちゅうとはんぱ》な答えじゃ納得できないよ。

他人のこういう話に首を突っ込むなんて、自分でも趣味が悪いなって思う。

だけど……わたしだって、きっと無関係じゃないよね。

「告白、されたんじゃないの……？」

「………されたけど、断った」

「……そうなんだ」

「……うん」

「どうして……？」

「……秘密」

「え～、なんで」

笑いながら聞いてみるけど、下野は本心を語ってくれなかった。

少なくとも、表面上は。

「いまはまだ、秘密」

「………」

変なの。

〝いまはまだ〟って一言がくっつくだけで、全然違う聞こえかたになるんだもん。

「さて、続きやるか」

そう言って下野が立ち上がる。

耳がほんのり赤いし、表情はぎこちないし、わたしの気をそらしたい魂胆が見え見えだけど——ごめんね、あとちょっとだけ付き合って。

「待って！」

「なに？」

わたしは下野を呼び止めると、駆け足で前に出る。

そうして芝生の上に立つと、前屈みになって、自分の両足首をがっしり掴んだ。

「馬跳びしよ！」

「な、なんだよいきなり……」

「いいから！」

ほんとうにいきなりな提案だけど、しょうがないじゃん、思いついちゃったんだもん。

ここからもう一度、新しく始めたいって。

「あれ？　もしかして、これぐらいも跳べないの？」

「は？　バカにするな、それぐらい余裕だし」

下野ったら、昔自分が言った言葉で、まんまと挑発に乗っちゃってる。

おかしいの。……でも笑っちゃダメダメ、あやしまれちゃう。

「いくぞ！」

「こ～い！」

視界の外で、下野が走り出す気配がする。

そして次の瞬間――

いつかの思い出を再現するように、腰をグッと押されたかと思うと、うつむいた視界のなかで影がすばやく横切った。

わたしはすぐに面を上げる。

そこにあるのは――あの日と同じだけど、違う顔。

五年の歳月で、ちょっぴり大人っぽくなった――初恋の人の顔。

「へへ～」

「なんで急に馬跳びなんか……」

「だってやりたくなっちゃったんだもん。次、わたしの番ね！」

なんでもない日常の一場面が、後々になって大切な思い出に変わることって、意外とある。

今日のこれも、きっとそうだ。

「わ、無理～！」

「ちょ⁉　バカ、乗っかるな！」

「あはは！　ごめん～！」

根拠はないけど、確信してる。

大人になっても、しわしわのおばあちゃんになったって、わたしはきっと、今日の出来事を忘れていないって。

下野のほうは、どうなんだろう？

同じように考えてくれてたら、とってもうれしいんだけど。

あとがき

ご無沙汰しております！　作者の神田《かんだ》でございます。

『見上げるには近すぎる、離れてくれない高瀬《たかせ》さん』、二巻はお楽しみいただけたでしょうか？

今回は部活、特にサッカー関連のお話をメインに扱ってみましたが、プレーのシーンなど解像度高く書けたかなと手応えがあり、作者的には満足しています。

ところで今回、劇中でとあるサッカー選手の言葉を引用して努力について語っていますが、実はこれ、元サッカー日本代表・中澤佑二《なかざわゆうじ》さんの言葉が元ネタになってたりします。

「炭酸を飲むのは一切やめて、その代わりに牛乳を毎日2リットル飲んでいた」中澤佑二『下手くそ』（ダイヤモンド社・２０１４年）

もう十年以上も前でしょうか、たしか同じような言葉をスポーツ番組内のインタビューで答えていらして、それ以来ずっと印象に残っているんですよね。

一見なんでもないことのように思えますが……。こうした努力を積み重ねて、サッカー浪人から日本代表のキャプテンになるまで成長した中澤さんだからこそ、その言葉には説得力があります。

まさに、『人に知られたら笑われるような努力ほど、後々になって実るもの』と言えましょう。自分も見習っていきたいものです。

それでは以下、謝辞でございます。

担当編集の中村氏。

挿絵を担当してくださった、たけのこのよう。先生。

前巻から引き続き、大変お世話になりました！

また一巻発売時に応援イラストを描いていただいた、ふーみ先生、いちかわはる先生、ｍａｒｕｍａ（まるま）先生、ｍａｇａｋｏ先生、今回イラストの収録を快諾してくださりありがとうございました！

最後に、本書をお手にとっていただいた読者様へ、最大級の感謝を。

それではまた、お会いできることを祈って。

二〇二二年十二月初旬

神田暁一郎

見上げるには近すぎる、離れてくれない高瀬さん

「#高瀬さん」

×

大人気
イラストレーター

応援
イラスト集

イラスト：ふーみ

イラスト：いちかわはる

あと
2日!!
イラスト：maruma(まるま)

イラスト：magako

イラスト：たけのこのよう。

見上げるには
近すぎる、離れてくれない
高瀬さん

ファンレター、作品の
ご感想をお待ちしています

〈あて先〉

〒106－0032
東京都港区六本木2－4－5
SBクリエイティブ（株）
GA文庫編集部 気付

「神田暁一郎先生」係
「たけの このよう。先生」係

本書に関するご意見・ご感想は
右の QR コードよりお寄せください。

※アクセスの際や登録時に発生する通信費等はご負担ください。

https://ga.sbcr.jp/